Alfred Hitchcock • Die drei ??? und das Narbengesicht

OMNIBUS

DIE SERIE ??? »Drei Fragezeichen« – das ist das Symbol des wohl bekanntesten Junior-Detektivteams der Jugendliteratur. War die Aufklärung geheimnisvoller, oft gefährlicher Kriminalfälle für Justus, Bob und Peter aus Rocky Beach in Kalifornien zunächst nur ein Zeitvertreib, so hat sich daraus nach und nach eine ernsthafte Nebenbeschäftigung für freie Stunden und Schulferien entwickelt. Ihre Zentrale, einen ausrangierten Campingwagen, haben die drei mit Telefon, Tonbandgerät, Fotolabor, Periskop und mancherlei selbst gebastelten Apparaten eingerichtet, die ihnen modernste Ermittlungstechniken ermöglichen. Doch jeder Fall erfordert vorwiegend Köpfchen, Ausdauer und Mut – und ohne Justus' Superhirn, Bobs Forscherdrang und Peters Sportsgeist kämen die drei trotz ihrer technischen Ausrüstung nicht zum Ziel.

Von Alfred Hitchcock ist bei OMNIBUS erschienen:

Die drei ??? und der magische Kreis (20499)
Die drei ??? und der weinende Sarg (20471)
Die drei ??? und der verrückte Maler (20545)
Die drei ??? und der Dopingmixer (20546)
Die drei ??? und der schrullige Millionär (21021)
Die drei ??? und der Höhlenmensch (21022)
Die drei ??? und die Schattenmänner (20581)
Die drei ??? und die Perlenvögel (20583)
Die drei ??? und der gestohlene Preis (20582)
Die drei ??? und die Musikpiraten (20580)
Die drei ??? und der Schatz im Bergsee (20713)
Die drei ??? und die späte Rache (20731)
Die drei ??? und der Automarder (20765)
Die drei ??? und das Geheimnis der Särge (20768)
Die drei ??? und der rasende Löwe (20767)
Die drei ??? und der unsichtbare Gegner (20766)
Die drei ??? und der Angriff der Computerviren (20995)
Die drei ??? und der Spuk im Hotel (20993)
Die drei ??? und der Diamantenschmuggel (20994)

Als OMNIBUS-Doppeldecker sind erschienen:

Die drei ??? und der Karpatenhund/
Die drei ??? und das Narbengesicht (20040)

Die drei ??? und der schrullige Millionär/
Die drei ??? und der Höhlenmensch (20390)

Weitere Titel der Serie sind in Vorbereitung.

Alfred Hitchcock

Die drei ???
und das
Narbengesicht

Erzählt von M. V. Carey
nach einer Idee von Robert Arthur

Aus dem Amerikanischen
von Leonore Puschert

OMNIBUS

OMNIBUS

Band 21018

Der OMNIBUS
Taschenbuchverlag
gehört zu den Kinder- &
Jugendbuch-Verlagen
in der Verlagsgruppe
Random House
München Berlin
Frankfurt Wien Zürich

Umwelthinweis:
Dieses Buch wurde auf chlorfrei gebleichtem
Papier gedruckt.

Erstmals als OMNIBUS Taschenbuch September 2001
Gesetzt nach den Regeln der Rechtschreibreform

Die Originalausgabe erschien unter dem Titel
»The Three Investigators – The Mystery of the Scar-Faced Beggar«
bei Random House, Inc., New York
Based on characters created by Robert Arthur
This translation published by arrangement
with Random House, Inc.

Übersetzung: Leonore Puschert
Umschlagbild: Carsten Tiemessen
Umschlagkonzeption: Klaus Renner
Kn · Herstellung: Peter Papenbrok
Satz: Uhl + Massopust, Aalen
Druck: Clausen & Bosse, Leck
ISBN 3-570-21018-9
Printed in Germany

www.omnibus-verlag.de

10 9 8 7 6 5 4 3 2 1

Inhalt

Alfred Hitchcock hat das Wort 7
Ein Blinder läuft davon 9
Die verlorene Brieftasche 14
Ein Mann mit Vergangenheit 24
Ein neuer Fall für die drei ??? 37
Mr. Bonestells Bericht 46
Ein Albtraum 52
Peter als ungeladener Gast 58
Neue Fährten 67
Die Maskenbildnerin 75
Die Terroristen 81
Überfall 90
Die Wanze 98
Die Warnung 103
Ernie macht Geschäfte 110
Bob in Nöten 116
Justus und die heiße Dusche 124
Der allerletzte Fingerzeig 133
Die Gefangenen 139
Ein Albtraum wird wahr! 147
Ein turbulentes Ende 153
Man trifft sich in Charlie's Place 160

Alfred Hitchcock hat das Wort

Willkommen, Freunde der drei ??? – es gibt wieder Abenteuer, Spannung und Nervenkitzel, denn Justus, Bob und Peter haben mich gebeten, euch mit ihrem neuesten Fall bekannt zu machen. Es ist eine auf den ersten Blick schwer durchschaubare Angelegenheit mit Verwicklungen, die vor Ländergrenzen nicht Halt machen. Hier ein Vorgeschmack auf die Ereignisse: der folgenreiche Verlust einer Brieftasche, ein Bankraub, die Auseinandersetzungen mit Terroristen – und alle Spuren führen zu jenem Blinden mit dem Narbengesicht.

Mehr möchte ich an dieser Stelle nicht sagen, sonst verrate ich zu viel. Sollte eure Neugier damit geweckt sein, so blättert weiter zum ersten Kapitel und fangt an zu lesen. Wer die drei ??? allerdings noch nicht kennen sollte, wird sich vielleicht für eine kurze Auskunft über die Junior-Detektive interessieren. Zu Hause sind sie in Rocky Beach, einer kleinen Küstenstadt in Südkalifornien. Anführer des Trios ist Justus Jonas. Sein Gedächtnis registriert und bewahrt alle Eindrücke wie auf einem hochempfindlichen Film, sein Gehirn arbeitet wie eine Präzisionsmaschine und sein Selbstvertrauen ist unerschütterlich – trotz seiner Jugend. Peter Shaw, der Zweite Detektiv, ist stark und sportlich, zuverlässig und weit vorsichtiger als Justus. Bob Andrews kümmert sich um das Archiv und macht die Recherchen, und auch er geht gern einmal auf eigene Faust los und stellt Ermittlungen an, wenn es abenteuerlich zu werden verspricht.

Für mich hatte dieser Fall seinen besonderen Reiz, bot er mir doch Gelegenheit, eine alte Bekanntschaft nach langer Pause zu erneuern – auf dem Umweg über jene Fundsache, die gleich im ersten Kapitel auftaucht. Aber nun lest selbst!

Alfred Hitchcock

Ein Blinder läuft davon

»Wenn das nicht bald aufhört, schreie ich!«, stieß die Frau im Regenmantel hervor. Eine Sturmbö fegte den Wilshire Boulevard entlang. Sie fuhr unter den Schirm der Frau und drehte ihn um. Dann stürmte sie weiter und warf klatschende Regentropfen gegen die Schaufensterscheiben.

Bob Andrews, der an der Haltestelle auf den Bus wartete, glaubte schon, die Frau werde tatsächlich schreien. Sie blickte starr auf ihr übel zugerichtetes Regendach. Dann schaute sie Bob klagend an, als sei das seine Schuld. Und dann musste sie mit einem Mal lachen.

»Verflixt!«, sagte sie. Sie stopfte den kaputten Schirm energisch in den Abfallkorb am Bordstein. »Geschieht mir ganz recht – was muss ich auch im berüchtigten kalifornischen Unwetter aus dem Haus.« Sie setzte sich auf die Bank neben dem Haltestellenschild.

Bob fröstelte. Er zog gegen die Kälte die Schultern hoch. Das war der unwirtlichste April, den er je erlebt hatte. Sogar an diesem Ostermontagabend, kurz vor sechs, war es kalt und bei dem Unwetter fast schon dunkel. Bob war am frühen Nachmittag nach Santa Monica gefahren, um für seine Mutter ein Schnittmuster einzukaufen. Er hatte gern ein paar Stunden seiner Osterferien geopfert, um die Besorgung zu erledigen, aber die Warterei auf den Bus zog sich nun doch endlos hin. Ungeduldig rieb er zum zigsten Mal seine Brillengläser trocken.

»Ach, da kommt ja der Blinde«, sagte die Frau auf der Bank.

Bob schaute die Straße entlang. Außer dem Geprassel des Regens auf dem Asphalt hörte er das rhythmische Pochen eines Stocks und das Rasseln von Münzen, die jemand in einer Blechdose schüttelte.

»Der Ärmste«, sagte die Frau. »Man trifft ihn in letzter Zeit oft hier in der Gegend. Ich gebe ihm gern etwas, wenn ich ihn sehe.«

Sie griff in ihre Handtasche, als der Blinde näher kam. Bob sah, dass der Mann ziemlich hager war und gebückt daherkam. Er hatte den Kragen bis zu den Ohren hochgeklappt und eine Schirmmütze tief in die Stirn gezogen. Dunkle Brillengläser verbargen seine Augen, und ein säuberlich beschriftetes Schild war vorn an seine Windjacke geheftet. Es war mit Klarsichtfolie überzogen und der Text hieß: »Gott segne Sie. Ich bin blind.«

»Ekelhaftes Wetter heute Abend«, sagte die Frau. Sie stand auf und liess eine Münze in seine Sammelbüchse fallen.

»Hrrm!«, sagte der Blinde. Sein weißer Stock stieß gegen den Bordstein und schlug dann an die Bank. Vorsichtig tastete er sich an die Bank heran und liess sich darauf nieder.

Bob und die Frau beobachteten den Blinden noch kurze Zeit, dann wandten sie sich ab und schauten auf die erleuchteten Fenster der Bank gegenüber.

In der Bank war gerade saubergemacht worden. Die Schalter waren spiegelblank poliert und die Stühle waren in Reih und Glied aufgestellt. Die Raumpfleger waren zu zweit – ein Mann mit Latzhose und langem, grauem Zottelhaar und eine kleine, mollige Frau. Sie warteten hinter der Tür zwischen den Bankräumen und der Vorhalle des Geschäftshauses, worin sich die Bank befand.

Ein uniformierter Wachmann mit einem Schlüsselbund eilte aus dem hinteren Bereich der Bank nach vorn. Er wechselte ein paar Worte mit den Raumpflegern, dann schloss er die Eingangstür zur Bank auf und ließ sie hinaus.

Als die beiden die Vorhalle durchquerten und in einem Aufzug verschwanden, wandte sich Bob wieder dem blinden Mann zu. Er sah unter der Schirmmütze des Mannes graues Haar und auf seinen Wangen einen Stoppelbart. Eine breite, hässliche Narbe verlief vom Unterkiefer bis zum Jochbein. Die Verletzung, die ihm eine solche Narbe eingetragen hatte, musste sehr schlimm gewesen sein, fand Bob. Er fragte sich, ob der Mann wohl auch sein Augenlicht bei diesem Unfall verloren hatte.

Der Bettler beugte sich vor, als wolle er von der Bank aufstehen. Dabei blieb sein Fuß am Stock hängen, und es riss ihn jäh zur Seite, halb im Sitzen und halb schon im Stehen.

»Oh!«, rief die Frau erschrocken. Sie fasste den Bettler am Arm, um ihn zu stützen.

Die Sammelbüchse fiel zu Boden und rollte scheppernd weg. Münzen sprangen in alle Richtungen davon.

»Mein Geld!«, schrie der Bettler.

»Das sammeln wir gleich ein!«, sagte die Frau. »Bleiben Sie nur sitzen.«

Sie bückte sich und las auf dem nassen Bürgersteig Münzen zusammen und Bob fischte im Rinnstein. Die Frau hob die Büchse auf, die gegen einen Abfallkorb gerollt war, und warf die Münzen wieder ein.

»Haben Sie alle beisammen?«, fragte der Blinde. »Das ist meine ganze Tageseinnahme.«

Bob steckte noch einen nassen Vierteldollar und zwei

Zehncentstücke in die Büchse. »Ich glaube nicht, dass wir etwas übersehen haben«, sagte er.

Die Frau drückte dem Blinden die Büchse in die Hand. Er schüttete die Münzen in die hohle Hand und betastete sie aufmerksam. Er gab einen unverständlichen Knurrlaut von sich und sagte dann: »Ja. Das ist alles.«

»Warten Sie auf den Bus?«, fragte die Frau. »Ich glaube, da kommt er schon.«

»Nein«, sagte der Mann. »Vielen Dank, Madam. Ich wohne hier in der Nähe.«

Bob schaute wieder zur anderen Straßenseite hinüber. Der Mann von der Gebäudereinigung war noch einmal in der Vorhalle aufgetaucht. Er stand da und rüttelte an der Eingangstür zur Bank. Der Wachmann kam von hinten mit den Schlüsseln an. Er öffnete die Tür und es gab einen kurzen Wortwechsel zwischen ihm und dem Mann von der Reinigung. Dann betrat dieser wieder die Bank.

Der Blinde erhob sich und machte sich mit tastendem Stock auf den Weg.

»Armer Kerl«, sagte die Frau. »Hoffentlich hat er es nicht weit.«

Bob schaute zu, wie der blinde Mann langsam die Straße entlangschritt.

»Ach, nun ist ihm etwas heruntergefallen«, sagte die Frau.

»Hallo, Sie!«, rief Bob. »Augenblick mal!«

Der Bettler hörte ihn nicht. Er stöckelte weiter.

»Warten Sie doch!«, rief Bob. Er trabte los und hob eine Brieftasche vom Gehweg auf.

Der Blinde war inzwischen bei einer Seitenstraße angelangt. Er ging zum Bordstein vor, ertastete sich den Weg mit dem Stock und betrat die Fahrbahn.

Da wurde die hagere Gestalt des Bettlers grell von herannahenden Autoscheinwerfern beleuchtet. Ein Wagen kam aus der Seitenstraße heraus, ein wenig zu schnell. Als er am Stoppschild bremste, kam er auf dem nassen Asphalt ins Schleudern. Die Frau an der Haltestelle schrie auf und Bob stieß einen Warnruf aus. Bremsen quietschten. Der blinde Mann zuckte zurück und versuchte dem heranschießenden Auto auszuweichen. Dann gab es einen dumpfen Schlag und der Bettler wurde zu Boden geworfen.

Der Wagen hielt an. Der Fahrer sprang heraus. Bob lief hinzu und ebenso die Frau. Alle drei kamen gleichzeitig bei dem gestürzten Mann an.

Der Fahrer ließ sich neben dem Blinden auf die Knie nieder und wollte ihn am Arm fassen.

»Nein!«, schrie der Bettler laut. Er stieß mit der Faust nach dem Mann und der wich zurück.

»Meine Brille!« Der Bettler tastete aufgeregt am Boden herum.

Die Frau hob die dunkle Brille auf. Sie war nicht entzweigegangen und sie gab sie dem Bettler in die Hand.

Der Blinde setzte die Brille wieder auf und suchte nun seinen Stock.

Der Autofahrer war ein junger Mann. Bob sah im Licht der Scheinwerfer, dass er vor Schreck ganz weiß im Gesicht war. Er hob den Stock auf und drückte ihn dem blinden Mann in die Hand.

Langsam stand der Blinde auf. Er drehte den Kopf suchend hierhin und dorthin, als könne er sehen, wenn er sich nur viel Mühe gab, und dann bog er in die Seitenstraße ein. Er humpelte jetzt. Beim Gehen keuchte er vor Schmerzen.

»Aber so warten Sie doch!«, rief der Fahrer besorgt.

»Wir sollten die Polizei holen«, sagte die Frau. »Er muss doch verletzt sein!«

Der Blinde schritt weiter und schlug dabei energisch mit dem Stock aus, humpelnd und ächzend, aber nun fast im Laufschritt.

Bob lief hinterher und rief ihm nach, er solle doch warten.

Der Mann verschwand in einem Fußweg hinter einer Reihe Ladengeschäfte. Bob folgte ihm. Es war so dunkel, dass er ein paar Mal stolperte und die Hände vor sich ausstreckte, um nicht gegen ein Hindernis zu laufen. Am Ende des Fußwegs kam er auf einen kleinen Hof. Eine Glühbirne brannte über dem Hintereingang zu einem Haus und beleuchtete eine Mülltonne und einen großen Pappkarton, der sich im Dauerregen schon halb aufgelöst hatte. Bob bemerkte einen anderen schmalen Gang, der wieder zum Wilshire Boulevard führte, aber von dem Bettler war nichts mehr zu sehen. Der Mann war verschwunden!

Die verlorene Brieftasche

»Der konnte doch gar nicht richtig blind sein«, meinte Bob. »Wie sollte ein Blinder so flink weglaufen können?«

»Ein Blinder kann sich ziemlich schnell fortbewegen, wenn er mit der Gegend vertraut ist«, sagte Justus Jonas. »Und sich im Dunkeln zurechtfinden, ist für einen Blinden ohnehin ganz normal.« Justus sprach in der ihm eigenen bedächtigen, etwas pedantischen Redeweise.

Es war am nächsten Morgen und Bob war mit seinen

Freunden Justus und Peter in Justs Freiluftwerkstatt auf dem Schrottplatz der Firma Jonas.

Es hatte endlich aufgehört zu regnen und der Morgen war klar und frisch.

Die Jungen besprachen die Ereignisse des Vorabends. Die Brieftasche, die dem Bettler heruntergefallen war, lag auf Justs Werkbank.

»Und wenn er schon nicht blind war, warum hatte er es dann so eilig?«, meinte Bob. »Er benahm sich ganz so, als hätte er Angst vor uns.« Er hielt inne und überlegte kurz. »Mir scheint, wir waren alle ziemlich durcheinander«, sagte er. »Die Dame, die mit mir an der Bushaltestelle wartete, machte sich einfach dünn, während ich auf dem Weg hinter den Häusern war. Wahrscheinlich war inzwischen der Bus gekommen, und da stieg sie eben ein, ohne sich noch viel dabei zu denken. Und der Autofahrer, der den Blinden angefahren hatte, setzte sich auch ab, als ich ihm gesagt hatte, der Mann sei nicht mehr aufzufinden. Und da stand ich nun ganz belämmert mit der Brieftasche in der Hand. Ich hätte ja wohl dem Fahrer den Namen des Blinden nennen müssen und auch meinen eigenen.«

»Du standest unter Schock«, sagte Justus. »In Notsituationen benehmen sich die Leute oft ganz konfus.«

Während er sich Bobs Bericht anhörte, hatte Justus an einem alten Fernsehgerät herumgefummelt, das sein Onkel Titus in der vergangenen Woche zum Schrottplatz gebracht hatte. Justus hatte defekte Teile gegen neue ausgewechselt und im Innern des Apparats ein paar Handgriffe vorgenommen. Nun stellte er das Gerät aufrecht auf die Werkbank und schloss es ans Stromnetz an.

Ein vielversprechendes Brummen ertönte. »Aha!«, sagte Justus.

»Da hast du's ja mal wieder hinbekommen«, sagte Peter in gespielter Bewunderung.

»Abwarten«, sagte Justus. Er drehte an einem Knopf.

Die drei Jungen grinsten. Justus Jonas war wirklich ein Genie, wenn es sich um Reparaturen oder Neukonstruktionen aus Schrott und Einzelteilen drehte. Er hatte zuvor auch drei Walkie-Talkies zusammengebaut, die den Jungen gute Dienste leisteten und viel Spaß machten. Er hatte sogar die alte Handabzugspresse, die nun in einer Ecke der Werkstatt stand, selbst in Stand gesetzt, und das Periskop, das zur Ausrüstung der »Zentrale« der drei ??? gehörte, war ebenfalls sein Werk. Diese Zentrale war übrigens ein ausgedienter Campingwagen, der in der Nähe von Justs Werkstatt in einem Versteck hinter hohen Stapeln aus Schrott und Gerümpel aufgestellt und bei Justs Onkel Titus und Tante Mathilda längst in Vergessenheit geraten war.

Justs Onkel und Tante wussten zwar, dass Justus, Bob und Peter sich für die Aufklärung von Verbrechen interessierten. Sie wussten auch, dass sich die Jungen »die drei ???« nannten. Doch sie wussten nicht, was die Jungen auf diesem Gebiet tatsächlich leisteten. Der Campingwagen war mit allem Erdenklichen ausgestattet, das den Jungen die Bearbeitung der ihnen angetragenen Fälle erleichterte. Er enthielt ein gut bestücktes, kleines Detektiv-Labor mit Fingerabdruck-Ausrüstung und Mikroskop. In der angrenzenden Dunkelkammer entwickelten die Jungen ihre Filme selbst. Ein Aktenschrank enthielt die umfangreiche Sammlung von Protokollen über die einzelnen Fälle und es gab sogar ein eigenes Telefon. Die Gebühren bestritten sie mit dem Geld, das sie beim Mithelfen auf dem Schrottplatz verdienten.

Nun sah es ganz so aus, als werde die Zentrale noch durch ein Fernsehgerät bereichert. In dem Apparat auf Justs Werkbank stellte sich quäkend der Ton ein und wurde deutlich, und auf der Mattscheibe kam nach einem kurzen Flimmern ein klares Bild.

»... und nun die Frühnachrichten«, sagte die Ansagerin.

Ein Nachrichtensprecher erschien auf dem Bildschirm und wünschte den Zuschauern einen guten Morgen. Dann meldete er, der Sturm über dem Pazifik hätte nun Los Angeles hinter sich gelassen und die weiteren Aussichten für Südkalifornien seien einige Tage schönes Wetter.

»In den Bergen bei Malibu kam es zu größeren Erdrutschen«, berichtete der Sprecher. »Und im Big Tujunga Canyon beseitigen die Anwohner die Folgen der blitzartigen Überschwemmung von gestern. Unser Regionalstudio aus Santa Monica meldete sich vom Schauplatz eines dreisten Überfalls, der vor weniger als zwei Stunden auf die dortige Spar- und Darlehenskasse verübt wurde. Die Täter hatten sich bereits gestern Abend als Raumpfleger verkleidet in die Bankfiliale einschleusen lassen. Sie schlossen den Wachmann im Besprechungszimmer der Bank ein und warteten ab, bis heute früh das Personal zur Arbeit kam. Als dann um acht Uhr fünfundvierzig das Zeitschloss die automatische Sperre freigab, wurde Samuel Henderson, der stellvertretende Geschäftsführer der Bank, zur Öffnung des Tresorraums gezwungen. Die Diebe entkamen mit etwa einer Viertelmillion Dollar in bar und einem noch unbekannten Betrag an Wertpapieren aus den Schließfächern. Einen weiteren Bericht bringen wir in unserer Nachrichtensendung am Mittag.«

»Aha!«, sagte Justus. Er schaltete den Apparat aus.

»Du lieber Himmel!«, rief Bob. »Die Spar- und Darlehenskasse in Santa Monica! Da stand ich gestern Abend direkt gegenüber, als der Blinde … als …«

Bob hielt inne. Er sah ganz blass aus. »Einen der Täter habe ich ja dann gesehen!«, sagte er.

Peter und Justus sahen Bob gespannt an.

»Ja, natürlich!«, sagte er. »Von der Bushaltestelle aus konnte ich über die Straße genau in die Bank sehen. Ich sah die Putzleute herauskommen und mit dem Aufzug hinauffahren. Dann kam einer der beiden noch einmal zurück – der Mann – und klopfte an der Eingangstür zur Bank und der Wachmann machte ihm wieder auf.«

»Er kam noch einmal her?«, fragte Justus. »Derselbe Mann?«

»Na ja, ich nehme an … ich denke …« Bob sah ganz verwirrt aus. »Ich weiß es nicht«, sagte er. »Dem Blinden war die Sammelbüchse heruntergefallen und sein Geld kullerte davon. Die Dame und ich lasen es auf, und als wir dem Blinden die Büchse zurückgegeben hatten, da sah ich den Putzmann an der Banktür.«

»Dann hätte das ja auch ein anderer Mann sein können?«, forschte Justus.

Bob nickte.

»Ein toller Trick!«, rief Peter. »Die Putzleute sind mit der Arbeit fertig, fahren im Aufzug nach oben. Dann kommt einer, der wie ein Putzmann angezogen ist, und klopft an die Tür. Der Wachmann lässt ihn herein – und wumm! Den Wachmann sperrt man in ein Nebenzimmer und die Gauner in der Bank haben grünes Licht. Kein Alarm. Sie brauchen nur dazusitzen und abzuwarten, bis die Angestellten kommen.«

»Ja, ganz klar!«, rief Bob. »Genau so muss es sich abgespielt haben.«

»Hast du gesehen, von wo der Putzmann gekommen ist?«, fragte Justus. »Also, ob er vom Aufzug oder von der Straße her in die Vorhalle kam?«

Bob schüttelte den Kopf. »Der Bursche stand schon vor der Tür zur Bank, als er mir auffiel. Da dachte ich eben, er sei mit dem Aufzug noch einmal heruntergekommen. Aber er könnte auch von der Straße hereingekommen sein, wenn er nicht bei der Putzkolonne im Gebäude war.«

»Was uns zu interessanten Überlegungen führt«, meinte Justus. Er hob die Brieftasche auf, die Bob auf die Werkbank gelegt hatte. »Nehmen wir mal an, der Mann kam draußen die Straße entlang. Der Blinde ließ sein Geld fallen, gerade als der verkleidete Putzmann auf die Tür zur Bank zuging. Du und die Frau an der Haltestelle bücktet euch, um das Geld aufzulesen. Das hätte jeder so gemacht. Und mit dieser Aufgabe wart ihr so beschäftigt, dass es euch ganz entging, wie der Dieb das Gebäude betreten hat. Legt das eine Schlussfolgerung nahe?«

Bob hielt die Luft an. »Der Blinde musste Schmiere stehen!« Justus untersuchte die Brieftasche. »Das ist ja ein ganz edles Stück«, sagte er. »Aus Straußenleder gearbeitet und bei Neiman-Marcus gekauft. Das ist eines der teuersten Geschäfte in der Stadt.«

»Ist mir noch gar nicht aufgefallen«, sagte Bob. »Ich habe nur hineingeschaut, um zu sehen, ob der Blinde eine Telefonnummer vermerkt hatte, dann hätte ich ihn angerufen. Aber ich fand nichts.«

Justus sah sich den Inhalt der Brieftasche an. »Eine Kreditkarte, zwanzig Dollar in bar und ein Führerschein. Was soll denn ein Blinder mit einem Führerschein?«

Bob nickte. »Na eben. Da stimmt etwas nicht. Der ist gar nicht blind.«

»Albert Hitfield.« Justus las den Namen auf dem Führerschein. »Die Adresse dabei ist 2287 Cypress Canyon Drive in Malibu.«

»In Malibu wohnt es sich schön«, meinte Peter. »Vielleicht bringt Betteln doch mehr ein, als man annimmt.«

»Vielleicht ist das aber gar nicht die Anschrift des Bettlers«, hielt Justus dagegen. »Vielleicht ist der Mann ein Taschendieb und hat die Brieftasche gestohlen. Oder er hat sie einfach gefunden. Hast du Albert Hitfield schon im Telefonbuch gesucht, Bob?«

»Da steht er nicht drin«, antwortete Bob.

Justus stand auf. »Möglicherweise haben wir hier etwas, das für die Polizei von Interesse ist«, sagte er. »Andererseits hat es nicht unbedingt etwas zu bedeuten, dass ein Blinder diese Brieftasche verloren hat. Und dass der Blinde weggelaufen ist, hat vielleicht gar nichts zu sagen. Aber Cypress Canyon Drive ist nicht weit von hier. Sollen wir da mal nachforschen, ehe wir überlegen, was wir weiter unternehmen?«

»Na klar!«, sagte Bob.

Alle drei Jungen hatten ihre Fahrräder bei sich. Nach wenigen Minuten waren sie schon auf der Uferstraße und radelten nach Norden, Richtung Malibu. Kaum eine halbe Stunde später hatten sie das Einkaufszentrum der berühmten Küstenstadt hinter sich gelassen.

Cypress Canyon Drive war eine schmale Bergstraße, die von der Uferstraße abbog und sich über mehrere hundert Meter in engen Kurven ins Gebirge schlängelte. Später verlief sie in einiger Entfernung landeinwärts etwa parallel zur Uferstraße. Als die Jungen weiterfuhren, konnten sie von der Hauptverkehrsader her die Autos und Lastwagen hören, und das Meer kam immer wieder kurz zwischen den Bäumen in Sicht, die den linken Fahrbahnrand säumten. Zur Rechten erhob sich das Küstengebirge bis in weite Fernen und der Himmel spannte sich klar und blau über den Gipfeln.

»Ich kann mir gar nicht vorstellen, dass hier jemand wohnt«, meinte Bob, als sie ein gutes Stück auf der von tiefen Fahrrinnen durchfurchten, schlammbedeckten Straße gefahren waren. »Ich sehe kein einziges Haus. Glaubt ihr, die Adresse auf dem Führerschein ist fingiert?«

»Die Sache wird immer rätselhafter«, sagte Peter. »Wie kommt ein Blinder zu einem Führerschein? Und wenn es tatsächlich sein Führerschein ist, wieso steht dann eine falsche Adresse darin?«

Die Straße fiel nun ab und mündete in einen Hohlweg, den ein schmales Rinnsal mit Wasser überquerte. Dann ging es wieder bergan. Hinter einer Kuppe hielten die Jungen an. Nun hatten sie eine tiefe Mulde vor sich, die im Sommer wohl eine trockene Pfanne sein mochte, jetzt aber von einer reißenden, braunen Flut erfüllt war. Und links neben der Straße, dicht am Rand des schmutzigtrüben Gewässers, stand ein baufälliges, scheunenartiges Gebäude mit Mansardenfenstern im Obergeschoss. Leuchtröhren waren entlang der Dachtraufe angebracht. Ein Schild quer über dem Giebel wies das Anwesen als »Charlie's Place« aus.

»Ein Restaurant?«, meinte Bob.

Justus zog die Brieftasche hervor und schaute nochmals in den Führerschein. »Nummer 2287«, sagte er. »Das ist auch die Nummer auf dem neuen Briefkasten hier vorn.«

Da hörten die Jungen hinter sich auf der Straße ein Auto. Sie wichen zur Seite aus, es spritzte und platschte, und ein roter Sportwagen durchquerte bedächtig den kleinen Wasserlauf, den sie schon überwunden hatten. Ein hagerer Mann mit leicht ergrautem Haar und faltigem, irgendwie bedrücktem Gesicht fuhr vorbei, anscheinend ohne die Jungen zu bemerken. Er bog in das schlammbedeckte Gelände ein, das der Parkplatz von »Charlie's Place« war, hielt an, stieg langsam aus und hob vom Wagenboden einen Spazierstock auf. Dann ging er die abgesackten Steinstufen zu dem verlotterten Gebäude hinauf und ließ eine windschiefe Tür hinter sich zuschlagen.

»Der humpelt ja!«, rief Peter. »Mann, Bob, hast du nicht gesagt, dass der Bettler humpelte, als er gestern Abend davonlief?«

»Na ja, er humpelte, als ihn das Auto angefahren hatte. Das war ja wohl unvermeidlich.«

»Könnte dieser Mann der Bettler sein?«, fragte Justus. »Sieht er denn dem Bettler ähnlich?«

Bob zuckte die Achseln. »Er ist etwa gleich groß und ich schätze auch etwa so alt, aber solche Leute laufen doch zu tausenden herum.«

»Na schön«, sagte Justus. Er wirkte mit einem Mal energisch und sachlich. »Ich werd mal da hineingehen.«

»Was hast du vor?«, fragte Peter. »So einfach eintreten und einen Hamburger bestellen?«

»Warum denn nicht?«, meinte Justus. »Oder ich frage eben nach dem Weg. So oder so, ich werde herausfinden, wer dieser Mann ist. Bob, du solltest dich lieber nicht zeigen. Wenn dieser Mann gestern Abend vor der Bank in Santa Monica war, dann könnte er dich ja wieder erkennen – und womöglich unangenehm werden.«

»Ich warte hier bei Bob«, sagte Peter. »Ich bin allergisch gegen Leute, die unangenehm werden.«

»Angsthase!«, spottete Bob.

»Ich habe meinen persönlichen Ehrgeiz«, sagte Peter. »Ich will nämlich mindestens hundert Jahre alt werden.«

Justus räusperte sich ironisch. Er ließ seine Freunde am Straßenrand stehen und schob sein Fahrrad in den Parkplatz bei »Charlie's Place«. Er lehnte es gegen die Hausmauer und ging die Vortreppe hinauf. Dann schritt er über die kleine Veranda, griff nach dem Türknauf und zog. Die Tür ging auf.

Justus trat aus hellem Sonnenlicht in einen dämmrigen Raum. Er sah Parkettböden aus edlem Holz und dunkle Täfelung an den Wänden. Gegenüber dem Eingang lag hinter einem geräumigen Windfang ein großer, leerer Raum. Die vordere Wand bestand ganz aus Fenstern, mit Blick auf Bäume und den funkelnden Ozean in der Ferne. Justus erkannte, dass dieser Raum einst der große Speisesaal eines Restaurants gewesen war. Das Lokal war offenbar nicht mehr bewirtschaftet.

Justus stand hier in einem breiten Flur, der eigentlich eine mit dem großen Saal verbundene Diele war. Links von ihm war ein Platz, an dem ein staubbedecktes Chaos aus Kaffeemaschinen und Theken und Barhockern und Sitzgruppen herrschte. Das war wohl einmal das Café gewesen. Dann wandte sich Justus nach rechts und sah mehrere Türen in einer Wand. Im Café waren Kartons und Kisten gestapelt und in der Diele türmten sich noch mehr Kartons. Etliche Kisten standen auf dem Parkettboden des Saals. Eine Kiste war offen und Verpackungsmaterial quoll heraus und über die Seite herunter.

Vorsichtig trat Justus näher heran. Er wollte gerade rufen, als er hörte, wie ein Telefonhörer abgenommen wurde. Er stand ganz still und horchte. Jemand, den er nicht sehen konnte, wählte in dem großen, hellen Raum vor ihm gerade eine Nummer.

Eine Pause trat ein und dann sagte eine Männerstimme: »Hier ist Hitfield.«

Nach einer weiteren Pause sprach der Mann weiter. »Ja«, sagte er. »Ich weiß, dass es teuer wird, aber alles hat seinen Preis. Ich bin mit Ihrem Angebot einverstanden.«

In diesem Augenblick schob sich etwas Kleines, Hartes fest in Justs Rücken, gleich über dem Gürtel.

»Bitte Hände zum Himmel«, sagte eine sanfte Stimme. »Wenn du dich bewegst, mache ich dich in zwei Stücke!«

Ein Mann mit Vergangenheit

Justus hob die Hände über den Kopf. Er spürte, wie seine Kopfhaut zu prickeln begann.

»Ich wollte nur…«, fing er an.

»Bitte ruhig sein!«, vernahm er hinter sich.

Auf dem Holzfußboden waren Schritte zu hören. Der grauhaarige Mann, der vor wenigen Minuten hergefahren war, tauchte im Türrahmen zum großen Saal auf. Er stützte sich auf seinen Spazierstock und schaute Justus mit schräg gehaltenem Kopf an, als sei er erstaunt.

»Was gibt es denn, Don?«, fragte er. »Wer ist das?«

Justus zog die Brauen zusammen. Etwas an diesem Mann kam ihm bekannt vor. Justus wusste nicht genau, ob es die Stimme war oder der schräg gehaltene Kopf. Waren sie einander schon einmal begegnet? Wenn ja, wo? Und wann?

»Diese Person einbricht und hereinkommt«, sagte der

Mensch, der Justus da mit einer Waffe in Schach hielt. »Er steht und horcht, wenn Sie sprechen am Telefon.«

»Ich wollte nur nach dem Weg fragen«, sagte Justus. »Auf dem Schild da draußen steht ja ›Charlie's Place‹. Ist das denn nicht ein Restaurant? Und eingebrochen bin ich nicht. Die Tür war offen.«

»Na ja, ist schon gut«, sagte der grauhaarige Mann. Lächelnd trat er auf Justus zu. »Früher war das ein Restaurant und die Tür ist wirklich offen, nicht wahr?«

Justus sah, dass die Wangen des Mannes eine frische Farbe hatten und dass er auf der kühn geschwungenen, schmalen Nase vor kurzem einen Sonnenbrand gehabt hatte. Jetzt schälte sich die Haut. Die Augen unter den dichten, grau-schwarzen Brauen waren sehr blau. »Keine Angst, junger Freund«, sagte der Mann. »Don könnte gar nicht auf dich schießen, selbst wenn er das wollte.«

Vorsichtig ließ Justus die Arme sinken. Er drehte sich um und sah sich den Mann namens Don an.

»Du denkst, ich habe Pistole«, sagte Don hoch befriedigt. Er war Orientale, nicht viel größer als Justus, ziemlich schlank, mit glattem, liebenswürdigem Gesicht. In der Hand hielt er einen hölzernen Kochlöffel, dessen Stiel auf Justus zeigte. »Du siehst, es ist nicht richtige Pistole«, sagte er. »Ist Trick, ich sehe in Fernsehen.«

»Hoang Van Don ist vor kurzem aus Vietnam gekommen«, sagte der grauhaarige Mann. »Er lernt zur Zeit Englisch, indem er sich im Fernsehprogramm die Spätfilme anschaut. Jetzt merke ich, dass er noch andere nützliche Sachen dabei lernt.«

Der Vietnamese verbeugte sich. »Wenn gefangen in hohes Haus, kein Problem, flechten Seil aus Bettlaken. Wenn kein Bettlaken da, an Regenrinne abrutschen.«

Er verbeugte sich noch einmal und verschwand im Schatten des Cafés. Justus sah ihm neugierig nach.

»Du wolltest also nach dem Weg fragen?«, meinte der grauhaarige Mann.

»Oh!« Justus erschrak. »Ja, richtig. Da versperrt ein Schlammsee die Straße, gleich da unten.« Justus zeigte hin. »Geht die Straße danach wieder weiter? Gibt es eine Stelle, wo wir hinüberkönnen, oder müssen wir auf die Hauptstraße zurück?«

»Die Straße hier führt nicht weiter. Sie endet kurz hinter dem Wasserloch als Sackgasse. Und mach lieber erst gar nicht den Versuch, das Wasser zu durchqueren. Es ist ziemlich tief. Es würde dich glatt fortreißen.«

»Ja, Sir«, sagte Justus, der gar nicht richtig hinhörte. Er blickte neugierig auf einen der Pappkartons, die in einer Ecke der Diele standen. Ein halbes Dutzend Bücher war oben auf dem Karton gestapelt und alle schienen gleiche Exemplare eines Titels zu sein. Justus sah schwarze Schutzumschläge mit leuchtend roter Schrift. Die Illustration auf dem Umschlag des zuoberst liegenden Buches zeigte einen Degen, der durch eine Urkunde gestochen war. *Dunkles Vermächtnis* lautete der Buchtitel.

»Albert Hitfield!«, sagte Justus plötzlich. Er trat hinzu und nahm eines der Bücher in die Hand. Er drehte es um und entdeckte auf der Rückseite eine Fotografie – ein Bild des Mannes, der ihm hier in dem dämmrigen Flur gegenüberstand.

»Ach, Sie sind das!«, sagte Justus. Er verlor gänzlich die Fassung, was ihm sonst nie passierte. »Sie sind der berühmte Albert Hitfield! Sie waren doch im Fernsehen!«

»Ja, das stimmt«, sagte der Mann. »In ein paar Sendungen bin ich aufgetreten.«

»Ich habe *Dunkles Vermächtnis* gelesen«, sagte Justus. Seine eigene Stimme klang ihm fremd in den Ohren. Sie war hoch und aufgeregt. Er faselte drauflos wie ein Fan, der seinem verehrten Star begegnet. »Es ist ein phantastisches Buch! Und *Eiskalte Rechnung* auch! Mr. Hitfield, Sie haben es doch bestimmt nicht nötig, Banken auszurauben?«

»Hast du das von mir gedacht?«, fragte Albert Hitfield. Er musste lächeln. »Also hör mal, ich nehme dir das nicht ab, dass du zufällig hier hereinspaziert bist, um nach dem Weg zu fragen. Was soll das alles?«

Justus bekam einen roten Kopf. »Ich … ich kann das nicht laut sagen, was ich dachte«, sagte er. »Mr. Hitfield, vermissen Sie Ihre Brieftasche?«

Hitfield zuckte zusammen. Er griff in seine Jackentasche. Dann klopfte er auf seine Hosentasche. »Lieber Himmel!«, rief er. »Die ist weg! Hast du sie etwa?«

»Mein Freund Bob hat sie«, sagte Justus. Ganz schnell berichtete er Hitfield von Bobs Abenteuer am Vorabend. Er beschrieb den Blinden, dem die Brieftasche heruntergefallen war, und er erzählte von dem Bankraub und dem Unfall, bei dem der Blinde verletzt worden war.

»Unglaublich!«, sagte Hitfield. »Das hört sich an wie der Anfang eines Hitchcock-Films.«

Justs Augen leuchteten; er hatte selbst schon den gleichen Gedanken gehabt. »Wir waren in der letzten Zeit tatsächlich öfter mit Mr. Hitchcock in Verbindung«, berichtete er. »Er ist unser Freund. Immer wenn Bob sein Protokoll über einen unserer Fälle verfasst hatte, hat Mr. Hitchcock ein Buch daraus gemacht und es herausgegeben.«

»Wer weiß, vielleicht entwickelt sich die Sache mit den

drei B – Brieftasche, Blinder, Bankraub – auch noch zu einem Fall für euch drei«, sagte Mr. Hitfield. »Und wenn ihr wieder bei Alfred Hitchcock seid, dann grüßt ihn von mir. Wir kennen uns seit langem, und vor ein paar Jahren hat er mich beim Abfassen des Drehbuchs für einen Film, der nach einem meiner Romane hergestellt wurde, beraten. Danach verloren wir uns leider aus den Augen. Aber hierher« – Mr. Hitfield breitete stolz die Arme aus – »könnte ich ihn einmal einladen. Das Haus hier hat zum Glück mehr Format als meine frühere Wohnung in New York. Nein, ich will doch lieber nicht warten, bis ihr zufällig wieder mit Alfred Hitchcock zusammenkommt. Ich werde ihn heute noch anrufen und unsere alte Verbindung wieder aufnehmen. Ich will mir das gleich notieren, damit ich es nicht vergesse...« Mr. Hitfield wollte zu seiner Brieftasche greifen, doch auf halbem Weg ließ er die Hand sinken. Justus konnte ein Grinsen nicht mehr unterdrücken.

»Wenigstens ist das Ding nicht abhanden gekommen!«, sagte Mr. Hitfield erleichtert. »Wo ist denn dein Freund Bob, der meine Brieftasche gefunden hat?«

»Ich hole ihn!«, sagte Justus. »Er ist draußen vor dem Haus.« Justus sauste aus der Tür und trabte über den Parkplatz. »Kommt her!«, rief er. »Mr. Hitfield will euch kennen lernen. Ihr wisst doch, wer das ist?«

Bob und Peter schauten einander an und Peter schüttelte den Kopf. »Müssten wir es wissen?«, fragte er.

Justus grinste. »Mindestens ich hätte es wissen müssen«, sagte er. »Mir hätte der Name gleich etwas sagen sollen. Bei mir rieselt eben auch schon der Kalk. Er ist der Mann, der *Dunkles Vermächtnis* und *Die Nachtwache* und *Eiskalte Rechnung* geschrieben hat. Er ist in letzter Zeit öfter im Fernsehen in Talkshows aufgetreten. Die Moorpark-Studios haben gerade die Filmfassung von *Eiskalte Rechnung* abgedreht und Leonard Orsini will die Musik dazu schreiben.«

Plötzlich strahlte Peter. »Ja, richtig! Mein Vater hat von der *Eiskalten Rechnung* erzählt. Und du meinst, dein Hitfield ist tatsächlich dieser Schriftsteller?«

»Jede Wette!«, sagte Justus. Sein Gesicht war vor Erregung gerötet. »Er war früher Privatdetektiv in New York City, aber er wurde beim Absturz der kleinen Maschine, die er flog, schwer verletzt. Ein Bein war zerschmettert. Während das ausheilte, begann er einen Roman nach einem seiner Fälle zu schreiben. Das Buch hieß *Die Nachtwache* und wurde dann als Paperback ein Bestseller. Nachdem es erschienen war, schrieb Mr. Hitfield noch ein Buch mit dem Titel *Dunkles Vermächtnis* über einen Mann, der seinen eigenen Tod vortäuschte, so dass seine Frau die Lebensversicherung kassieren konnte. Dieser Roman wurde verfilmt. Erinnert ihr euch? Und dann gab Mr. Hitfield seine Arbeit als Detektiv ganz auf und wurde Schriftsteller. Er schrieb auch das Drehbuch zu *Eiskalte Rechnung*, nachdem die Moorpark-Studios die Rechte gekauft hatten. Los, kommt mit! Bob, hast du die Brieftasche?«

»Die hatte ich doch dir gegeben«, sagte Bob. »Hast du das ganz vergessen? Junge, du bist aber schön durcheinander!«

»Oh!«, sagte Justus. Er befühlte seine Taschen und grinste dann. »Ja, alles klar. Kommt jetzt.«

Peter und Bob folgten ihm zu »Charlie's Place«, und als sie im Haus waren, stellte Justus Mr. Hitfield seine Freunde vor. Der Schriftsteller bat die Jungen in den Saal mit den großen Fenstern und bot ihnen Klappstühle an, die um einen niedrigen Tisch mit einer Glasplatte standen. Es war ein Tisch, wie man ihn sonst im Freien auf der Terrasse oder neben einem Schwimmbad hat. Der Tisch, die Stühle und ein Telefon waren die ganze Einrichtung.

»Mit der Zeit wird das hier richtig luxuriös«, sagte Hitfield. »Don und ich sind erst vorige Woche eingezogen und weit sind wir noch nicht gekommen.«

»Sie werden also hier wohnen?«, fragte Peter.

»Ich wohne ja schon hier«, antwortete Hitfield. Er humpelte zur Diele und rief nach Don. Der Vietnamese erschien sofort mit einem Tablett, auf dem eine gläserne Kaffeekanne mit Tasse und Untertasse stand.

»Noch etwas für die Jungen«, trug ihm Hitfield auf. »Haben wir irgendetwas Erfrischendes zu trinken?«

»Limonade«, sagte Don, als er das Tablett hinstellte. »Marke *Natura*, mit dem vollen Aroma der baumreifen Frucht.« Justus lächelte, denn er hatte den Reklamespruch einer beliebten Limonadenmarke erkannt. Das war zweifellos auch neues Gedankengut, das sich Don vor dem Fernseher angeeignet hatte.

»Limonade angenehm?«, fragte Mr. Hitfield. Er schaute die Jungen an und sie nickten rasch. Don ging in die Küche zurück, die hinter dem Café drüben im Haus lag.

»Mir wäre es lieb, wenn sich Don den Fernsehkoch anschaute und nicht immer nur die alten Filme, wo sie alle fünf Minuten einen Werbespot einblenden«, sagte Mr. Hitfield, als der Vietnamese gegangen war. »Es ist nicht zu fassen, was hier manchmal auf den Tisch kommt.«

Dann erzählte Mr. Hitfield weiter von dem Restaurant, das er gerade bezogen hatte, und was er sich ausgedacht hatte, um es in ein schönes Heim umzugestalten. »Das

Café wird eines Tages ein elegantes Speisezimmer sein«, sagte er zu den Jungen. »Von der Diele geht es zu einem Vorratsraum ab, aus dem wir ein Schlafzimmer für Don machen können, und ich werde ihm auch ein Bad einbauen lassen, da drüben unter der Treppe.«

Die Jungen sahen zum Treppenhaus hin, das an einer Innenwand der Diele emporführte. Oben an der Treppe erstreckte sich eine Galerie über die ganze Breite des Hauses mit Blick auf den großen Raum, wo Hitfield mit seinen Gästen saß. Der Saal hatte eine gewölbte Decke und war zwei Geschosse hoch. In der anderen Hälfte des Gebäudes – der vordere Teil enthielt Diele, Vorratsraum, Café und Küche – befanden sich im Obergeschoss mehrere Räume, deren Türen sich auf die Galerie öffneten.

»Es ist mir klar, dass der Kasten hier völlig verwahrlost ist«, sagte Mr. Hitfield. »Aber die Bausubstanz ist noch gut. Ich ließ das Haus vor dem Kauf von einem Architekten und einem Bauunternehmer ansehen. Und könnt ihr euch vorstellen, was es sonst kosten würde, ein Haus dieser Größe direkt am Meer zu kaufen?«

»Bestimmt ein Vermögen«, meinte Justus.

Hitfield nickte. »Und überlegt mal, was für ein schönes Haus das einmal wird, wenn alles renoviert ist. Der Raum hier wirkt von allein schon großartig – ein offener Kamin an jedem Ende und all die Fenster mit Blick aufs Meer! Und das Dach ist dicht. Euch erscheint das vielleicht selbstverständlich, aber ich habe dreiundzwanzig Jahre lang in einer Wohnung in Brooklyn gehaust, wo es dauernd zum Dach hereinregnete. Ich musste bei Regen immer eine Sammlung Eimer und Töpfe unter die Lecks stellen.«

Mr. Hitfield lächelte. »Wer hat das noch gesagt, er sei

reich gewesen und er sei arm gewesen und reich war es besser? Na, wer das auch war, er kannte sich aus.«

Don kam mit der Limonade herein. Während er die Jungen bediente, nahm Hitfield die edle Brieftasche an sich, die Justus auf die gläserne Tischplatte gelegt hatte.

»So, so, ein blinder Bettler hat die verloren?«, sagte Mr. Hitfield. Er sah in die Brieftasche. »Das war dann aber kein sehr notleidender Bettler. Geld hat er nicht entnommen.«

»Aber gebettelt hat er«, sagte Bob. »Er hatte eine Blechbüchse mit Münzen drin und die schüttelte er beim Gehen.«

Mr. Hitfield sah nachdenklich aus. »Ich frage mich, wie er zu der Brieftasche gekommen ist«, sagte er. »Wenn er doch blind war …«

»Ja, eben«, meinte Justus. »Blinde sehen ja nicht, was auf der Straße herumliegt. Aber vielleicht ist er mit dem Fuß daran gestoßen und hat sie aufgehoben. Wo hatten Sie die Brieftasche zuletzt, Mr. Hitfield?«

»Das hört sich ja ganz berufsmäßig an«, meinte Hitfield zu Justus. »Fehlt nur noch, dass du das Notizbuch zückst und ein Protokoll aufnimmst. Du hast ja vorhin von Alfred Hitchcock gesprochen. Du sagtest, er hat sich selbst mit euren Fällen befasst? Seid ihr Jungen etwa in der Ausbildung zum Detektiv?«

»Wir sind bereits Detektive«, sagte Justus stolz. Er zog eine eigene Brieftasche heraus und nahm eine kleine Karte aus einem Fach. Er gab Mr. Hitfield die Karte. Darauf stand:

Die drei Detektive
???
Wir übernehmen jeden Fall

Erster Detektiv:	*Justus Jonas*
Zweiter Detektiv:	*Peter Shaw*
Recherchen und Archiv:	*Bob Andrews*

»Aha«, sagte Mr. Hitfield. »Ihr nennt euch also ›Die drei Fragezeichen‹ und ihr traut euch tatsächlich zu jeden Fall zu übernehmen. Das ist ja eine recht kühne Behauptung. Privatdetektive erhalten manchmal recht abwegige Aufträge.«

»Das wissen wir«, sagte Justus. »Wir waren schon in höchst ungewöhnlichen Situationen – manchmal war es richtig phantastisch. Das ist unsere Spezialität. Wir hatten oft Erfolg, wo die beamteten Gesetzeshüter passen mussten.«

Mr. Hitfield nickte. »Ich glaube dir«, sagte er. »Junge Leute sind beweglicher im Denken, und sie belasten sich nicht mit Vorstellungen, was passieren könnte und was nicht.«

Bob beugte sich vor. »Der blinde Bettler interessiert uns, weil wir uns fragen, ob er vielleicht etwas mit dem Bankraub zu tun hat«, sagte er. »Waren Sie gestern in Santa Monica? Haben Sie Ihre Brieftasche dort verloren? Oder hat er sie Ihnen vielleicht aus der Tasche gezogen?«

»Nein.« Mr. Hitfield lehnte sich auf seinem Stuhl zurück. »Ich weiß, dass ich die Brieftasche gestern früh noch hatte. Ich erinnere mich, wie ich sie einsteckte, als ich das Haus verließ, um zu den Denicolas zu fahren. Anscheinend ist sie mir bei den Denicolas herausgefallen, denn ich bin gestern sonst nirgends hingegangen. Das muss ein ganz dummer Zufall gewesen sein. Ich war ganz bestimmt nicht in einem Gedränge, wo mich jemand anrempeln und mir etwas aus der Tasche ziehen konnte – und ein blinder Mann wäre mir sicherlich aufgefallen.«

»Denicola – ist das nicht der Betrieb an der Küste, wo man ein großes Boot fürs Hochseeangeln chartern kann?«, fragte Peter.

Mr. Hitfield nickte. »Ich habe dort einen Liegeplatz für mein Sportboot«, sagte er. »Es ist näher als die Bootshäfen. Wenn ich mit dem Boot fahren will, rudert mich der Junge, der bei Mrs. Denicola arbeitet, hinaus zur Boje, wo es vertäut ist. Gestern habe ich mit dem Boot ein paar Runden gedreht. Da muss mir die Brieftasche bei der Anlegestelle oder vielleicht auf dem Parkplatz herausgefallen sein.«

»Und der Blinde hob sie auf«, meinte Peter.

»Dann ging der Blinde nach Santa Monica, ohne den Leuten bei Denicola etwas von der Brieftasche zu sagen«, entgegnete Bob. »Und ganz zufällig war er dann gegenüber der Bank, genau zu dem Zeitpunkt, als die Diebe sich verkleidet Einlass verschafften. Vielleicht hat er sogar die Leute an der Bushaltestelle bewusst abgelenkt, indem er seine Sammelbüchse fallen ließ, so dass sie nicht merkten, was da vor sich ging.«

»Die Büchse mit dem Geld war ihm vielleicht bei dem Regen aus der Hand gerutscht«, sagte Mr. Hitfield. »Oder der Mann war ganz einfach müde. Vielleicht hat es gar nichts zu bedeuten, dass ihm die Büchse heruntergefallen ist.«

»Er lief aber weg, nachdem er die Brieftasche verloren

hatte, und Bob ging ihm nach, um sie ihm zurückzugeben«, gab Justus zu bedenken. »Und nachdem ihn ein Auto angefahren hatte, lief er dennoch weiter.«

»Gar nicht so ungewöhnlich«, sagte Mr. Hitfield. »Er stand vielleicht unter Schock. Oder er hatte ein schlechtes Gewissen, weil er eine Brieftasche bei sich trug, die ihm nicht gehörte. Er hatte wohl Angst vor der Polizei. Mit Bettlern springt die Polizei unsanft um. Ich halte es nicht für wahrscheinlich, dass er irgendwie in einen Bankraub verwickelt ist, aber warum geht ihr nun nicht zur Polizei und meldet dort, was ihr mir eben berichtet habt? Ihr könnt meinen Namen nennen, wenn ihr wollt. Ich bin gern behilflich.«

»Ja, natürlich«, sagte Justus enttäuscht. »Genau das müssten wir jetzt tun. Und Sie haben wahrscheinlich Recht: Der Blinde ist rein zufällig dazugekommen. Mir scheint, mit diesem Fall ist es zu Ende, noch ehe er richtig angefangen hat.«

»Sieht so aus«, sagte Mr. Hitfield. »Wisst ihr, ich bin euch wirklich dankbar, dass ihr mit der Brieftasche hierher gekommen seid.« Dabei blätterte er in der Brieftasche und sah sich nachdenklich die Geldscheine an.

»Das war doch selbstverständlich«, sagte Peter rasch.

»Wir haben das gern getan«, warf Bob ein. »Bitte meinen Sie nun nicht, Sie müssten uns etwas geben.«

»Na, kann ich euch denn auf andere Weise belohnen?«, fragte Mr. Hitfield. »Wie wäre es mit einer Fahrt in meinem schnellen Motorboot? Wollt ihr nächstes Mal mitkommen, wenn ich eine Fahrt mache?«

»Oh, dürften wir das wirklich?«, rief Peter.

»Aber sicher. Lasst mir einfach eure Telefonnummer hier, damit ich euch anrufen kann.«

»In einer halben Stunde können wir dann da sein«, sagte Peter begeistert.

Er gab Mr. Hitfield seine Telefonnummer und die beiden anderen ebenfalls. Als die drei ??? weggingen, geleitete sie der Ex-Detektiv und Erfolgsschriftsteller zur Tür und sah ihnen nach, wie sie ihre Fahrräder zur Straße vorschoben.

»Netter Mann«, sagte Peter, als sie außer Hörweite waren.

»Ja, stimmt«, bestätigte Justus. »Es tat ihm richtig Leid, dass wir wieder weggingen. Ob es nicht hier draußen in Kalifornien für ihn reichlich einsam ist? Er hat fast sein ganzes Leben in New York verbracht.«

»Wenn er mal auf seinem Sportboot Gesellschaft braucht«, sagte Bob, »dann bin ich dabei. Mann! Ist ja wirklich –«

Bob hielt inne. Auf der Straße kam ein kleiner beigefarbener Wagen in Sicht. Er fuhr mit mäßigem Tempo an den drei Jungen vorüber, dann näherte er sich langsam der Einfahrt zu Mr. Hitfields Anwesen und bog dort ein. Ein älterer Mann stieg aus. Er ging auf die Vortreppe vor »Charlie's Place« zu und sagte etwas zu Mr. Hitfield, der noch an der Haustür stand.

Die Jungen waren zu weit entfernt, um etwas von dem Gespräch zu hören, aber sie blieben auf der Straße und schauten hinüber. Gleich darauf trat Mr. Hitfield zurück. Der Besucher stieg die Stufen hinauf und verschwand in »Charlie's Place«.

»Was soll denn das nun wieder?«, rief Bob. »Da ist unser Fall doch noch nicht zu Ende!«

»Wie meinst du das?«, fragte Peter.

»Der Wachmann«, sagte Bob. »Dieser Bursche war der

Wachmann, der in Santa Monica die Diebe in die Bank eingelassen hat. Wie kommt der dazu, Mr. Hitfield aufzusuchen?«

Ein neuer Fall für die drei ???

»Versteh ich nicht!«, sagte Justus. »Albert Hitfield muss doch mehr Geld haben, als er jemals ausgeben kann? Seine Bücher sind Bestseller!«

»Schön und gut«, sagte Bob. »Aber wenn er mit dem Bankraub nichts zu tun hat, wieso kommt dann der Wachmann von der Bank zu ihm ins Haus?«

»Das weiß ich nicht«, bekannte Justus.

Es war am frühen Nachmittag und die drei ??? saßen in ihrer verborgenen Zentrale auf dem Schrottplatz der Firma Jonas. Die Jungen hatten auf der Straße vor dem alten Restaurant am Cypress Canyon Drive gewartet, bis der Wachmann von der Bank in Santa Monica Albert Hitfields Haus wieder verlassen hatte und weggefahren war. Sie hatten kurz erwogen, noch einmal mit Hitfield zu sprechen und sich nach dem Besuch des Bankangestellten zu erkundigen, aber Justus verwarf den Gedanken wieder. Es war ihm unangenehm, aus reiner Neugierde ein zweites Mal zu dem berühmten Schriftsteller vorzudringen. Also waren die Jungen zur Zentrale zurückgekehrt, um die Ereignisse des Vormittags durchzusprechen. Nun saßen sie um den alten Eichenschreibtisch im Campingwagen. Bob kritzelte Notizen in sein Heft, um die Erinnerung festzuhalten.

»Gestern Abend nach dem Unfall humpelte der Bettler und Mr. Hitfield humpelt auch«, sagte er.

»Mr. Hitfield hatte einen komplizierten Beinbruch«, hielt Justus dagegen. »Er humpelt immer. Hat der Bettler gestern Abend auch schon vor dem Unfall gehumpelt?«

»Weiß ich nicht genau«, sagte Bob.

»Das mit dem Humpeln könnte eine zufällige Übereinstimmung sein«, sagte Peter. »Aber was ist mit der Brieftasche? Das ist ja noch so ein Zufall. Und dann kommt ausgerechnet der Mann, der die Diebe in die Bank eingelassen hat, zu Mr. Hitfield. Das ist ein dritter Zufall und dreimal ist mir zu viel.«

»Warum gehen wir nicht zur Polizei?«, meinte Bob. »Mr. Hitfield hat uns das ja auch geraten. Und warum würde er das sagen, wenn er etwas mit dem Bankraub zu tun hätte?«

»Er musste es wohl sagen«, erklärte Peter. »Aus Vorsicht. Die Erwachsenen machen das immer so.«

»Ich glaube, die Polizei würde unsere Ideen als ziemlich weit hergeholt ansehen«, sagte Justus. »Vielleicht zu Recht. Es ist ausgeschlossen, dass Mr. Hitfield Mittäter bei einem Bankraub war. Für ihn steht zu viel auf dem Spiel. Aber es muss eine Verbindung zwischen ihm und der Tat geben. Vielleicht kann Mr. Bonestell uns helfen, das herauszufinden.«

»Bonestell?«, fragte Bob.

Justus entfaltete eine Zeitung, die auf dem Schreibtisch gelegen hatte. Es war die Frühausgabe der *Abendpost* von Santa Monica. Er hatte sie an einem Stand gekauft, als die Jungen sich auf dem Nachhauseweg eine Pizza genehmigt hatten.

»Walter Bonestell heißt der Wachmann, der die Diebe in die Bank einliess«, sagte Justus. »Hier steht es in dem Artikel auf der ersten Seite.« Er griff nach einem Stapel

Telefonbücher und fand den Band, den er brauchte. »Hmmm ... Im Telefonbuch von Santa Monica steht ein Walter Bonestell und die Adresse ist 1129 Dolphin Court. Das ist nur ein paar Straßen landeinwärts vom Ufer.«

»Justus!« Von draußen erscholl ein Ruf. »Justus Jonas, wo steckst du? Ich brauche dich!«

Justus seufzte. »Tante Mathilda muss sich geärgert haben. Seit dem Frühstück hat sie mich nicht mehr zu Gesicht bekommen. Inzwischen hat sie sicher eine ganze Liste von Aufgaben für mich.«

»Meine Mutter sucht mich sicher auch«, meinte Peter.

»Ich wollte eben vorschlagen, dass wir Mr. Bonestell besuchen«, sagte Justus. »Vielleicht könnten wir das am frühen Abend erledigen. Könnt ihr dann noch mal weg? Wenn wir uns etwa um sieben vor dem Supermarkt in Rocky Beach treffen, können wir an der Küste entlangfahren und diesen Wachmann in seinen vier Wänden aufsuchen.«

»Gut, einverstanden«, sagte Peter.

Bob grinste. »Morgen ist ja keine Schule. Dürfte kein Problem sein. Also bis heute Abend.«

Die Jungen verließen den Campingwagen und Justus brachte den Nachmittag bei der Arbeit auf dem Schrottplatz zu. Am Abend wartete er nach einem frühen Imbiss bei Tante Mathilda und Onkel Titus als Erster mit dem Fahrrad vor dem Supermarkt. Fünf vor sieben kamen auch Bob und Peter an und im Dunkeln machten sich die Jungen auf den Weg nach Santa Monica.

Dolphin Court stellte sich als kurze Sackgasse in einem Wohngebiet mit kleinen Einfamilienhäusern heraus. Nummer 1129 war ein Holzhaus auf halbem Weg. Der kleine Wagen, den die Jungen am Cypress Canyon Drive gesehen hatten, stand in der Einfahrt. Vorn am Haus war kein Licht, aber ein Fenster an der Rückseite war erleuchtet. Die Jungen spazierten über die Zufahrt und schauten durch das Fenster in die Küche.

Da war der Wachmann, ganz allein. Er saß an einem Tisch beim Fenster, einen Stapel Zeitungen vor sich und ein Telefon daneben. Jetzt führte er allerdings kein Gespräch. Er starrte nur mit leerem Blick auf das Wachstuch. Er sah älter aus, als es am Morgen den Anschein gehabt hatte, und wirkte erschöpft. Das Haar war schütter und dünn und unter den Augen hatte er dunkle Schatten.

Die Jungen sprachen kein Wort. Nach einer Weile wandte sich Justus zum Gehen, um vorn am Haus an der Eingangstür zu klingeln.

Da stellte sich ihm auf der Zufahrt ein Mann in den Weg, der eine Pistole in der Hand hielt.

»Sagt mal, was wollt ihr denn hier?«, fragte der Mann.

Er hatte die Pistole nicht im Anschlag, und seine Stimme war leise und beherrscht, aber Justus hatte das alptraumhafte Gefühl, dass er und seine Freunde in Lebensgefahr waren. Um den Mann mit der Schußwaffe war etwas Kaltes und Entschlossenes. Sein Mund war eine dünne, gerade Linie, ohne einen Funken Humor. Eine Sonnenbrille mit großen Gläsern war auf die Stirn geschoben, wie ein zweites Paar kalte Augen. Peter gab einen erschrockenen Laut von sich und der Mann fuhr ihn an: »Halt den Mund!«

Das Küchenfenster ging auf und Mr. Bonestell beugte sich heraus. »Shelby, was gibt's? Was machen Sie da?«

Der Mann mit der Pistole zeigte auf die Jungen. »Die drei Burschen da haben zu Ihrem Fenster hereingeschaut.«

»Oh?«, machte Mr. Bonestell. Es hörte sich erstaunt und neugierig an. Doch dann sagte er noch einmal »Oh!« und nun klang seine Stimme erschrocken.

»Los, ins Haus!«, befahl der Mann mit der Waffe. »Hier herum! Marsch!«

Die Jungen trabten los. Sie gingen durch den Garten und über die Veranda in die Küche.

»Was soll denn das?«, wollte Mr. Bonestell wissen. »Als ich heute Vormittag zu Mr. Hitfield fuhr, sagte er mir, er habe gerade Besuch von drei Jungen gehabt. Das wart ihr drei, nicht? Und ihr wart noch auf der Straße, als ich hinkam, nicht? Mit euren Fahrrädern.«

»Ja, Mr. Bonestell«, sagte Justus.

»Wollt ihr euch nicht setzen?«, schlug Mr. Bonestell vor. Er rückte an dem Tisch beim Fenster noch einen Stuhl vor.

»Walter, was soll denn das?«, fragte der Mann mit der Waffe. »Was geht hier vor?«

»Das ist mir auch nicht klar«, sagte Mr. Bonestell. »Shelby, würden Sie jetzt die Pistole wegnehmen? Es macht mich nervös.«

Shelby zögerte. Dann zog er sein Hosenbein herauf und steckte die Pistole in einen Halter, der dicht unterm Knie um sein Bein geschnallt war.

Peter schaute verdutzt drein, sagte aber nichts. Die Jungen setzten sich an den Tisch.

»Mr. Hitfield erzählte mir, ihr hättet in der Nähe der Bank einen Verdächtigen beobachtet«, sagte Mr. Bonestell.

»Will mir mal einer sagen, was hier los ist?«, rief Shelby aufgeregt dazwischen.

Mr. Bonestell seufzte. »Haben Sie es noch nicht im Radio gehört?«, fragte er. »Heute früh ist die Bank ausgeraubt worden.«

»Ausgeraubt? Davon habe ich nichts gehört. Ich hatte das Autoradio nicht an. Was ist denn passiert? Und was ist mit den Jungen hier? Ich verstehe überhaupt nichts mehr.«

Mr. Bonestell berichtete kurz die Einzelheiten des Bankraubs. »Und ausgerechnet ich habe die Diebe hereingelassen«, sagte er. »Wahrscheinlich verdächtigt mich die Polizei, dass ich mit denen unter einer Decke stecke.«

Mr. Bonestells Blick war starr. »Es war leichtsinnig von mir«, gab er zu. »Hätte ich mir den Mann vor der Tür genau angesehen, dann wäre mir klar geworden, dass er ein Fremder war. Aber auch wenn es leichtsinnig war, heißt das noch lange nicht, dass ich ein Verbrecher bin! Ich habe in meinem Leben noch nichts Unrechtes getan! Nur kennt mich die Polizei nicht, also muss ich jemanden finden, der mir hilft, meine Unschuld zu beweisen.«

»Einen Rechtsanwalt«, sagte Shelby. Er nickte selbstgefällig wie einer, der immer Rat weiß. »Sehr klug von Ihnen, Walter, aber was hat das mit diesen Jungen zu tun? Warum haben sie durchs Fenster hereingeschaut?«

Mr. Bonestell sah ganz geknickt aus. »Sie haben vermutlich auch einen Verdacht.« Er beugte sich zu Justus vor. »Erst dachte ich, Mr. Hitfield könnte mir vielleicht helfen. Er war vorige Woche in der *Harry-Travis-Show* und erzählte von dem Film, den er gerade fertig gestellt hat, und da sagte er, manchmal kämen Leute in Schwierigkeiten, weil sie zur falschen Zeit am falschen Ort sind. So einer bin ich auch, nicht? Also dachte ich, Mr. Hitfield hätte vielleicht Interesse an meinem … meinem Fall. Eine der Sekretärinnen bei der Bank meinte, er würde mir vielleicht helfen, und sie besorgte mir seine Anschrift über eine Auskunftei. Er steht nämlich nicht im Telefonbuch – wie so viele berühmte Leute – und da machte ich ihm einen Besuch und …«

»Machen Sie's kurz, Walter, verdammt noch mal!«, fuhr Shelby auf. »Wer ist denn nun dieser Mr. Hitfield?«

Justus räusperte sich. »Er ist Schriftsteller und Drehbuchautor«, sagte er. »Früher war er Privatdetektiv. Wir haben ihn heute Vormittag aufgesucht. Da hatte nämlich jemand eine Brieftasche, die Mr. Hitfield gehört, vor der Bank verloren, und Bob hier – Bob Andrews – hat sie aufgehoben.«

»Ja, ich war gegenüber der Bank, als der Täter an die Tür kam«, warf Bob ein. »Ich habe gesehen, wie Sie ihn einließen, Mr. Bonestell.«

»Und als wir Sie heute Morgen zu Mr. Hitfields Haus kommen sahen, nachdem wir ihm die Brieftasche zurückgegeben hatten«, sagte Peter, »da waren wir natürlich schon misstrauisch. Wir dachten, es könnte da eine Verbindung zwischen Ihnen und Mr. Hitfield und … und dem Bankraub geben.«

Peter hielt inne und bekam einen roten Kopf. »Es hört sich jetzt peinlich an, wenn ich es laut ausspreche«, bekannte er. »Ich wollte ihn nur um Beistand bitten«, sagte Mr. Bonestell, »aber Mr. Hitfield fängt gerade mit einem neuen Buch an und hat keine Zeit zum Helfen. Er hat mir ein paar Privatdetektive hier in Los Angeles genannt, aber er meint, wenn ich mich an jemanden wenden will, dann an einen Anwalt. Heute Nachmittag habe ich ein paar Anrufe erledigt. Wisst ihr, was ein Anwalt kostet? Und ein Privatdetektiv? Weder den einen noch den anderen könnte ich mir leisten!«

Justus richtete sich im Sitzen kerzengerade auf. »Mr. Bonestell, vielleicht waren wir misstrauisch, als wir hierher kamen, aber das trifft jetzt nicht mehr zu. Ich glaube, wir können Ihnen helfen. Wir sind nämlich Privatdetektive, Mr. Bonestell.«

Justus holte eine Karte der drei ??? hervor und gab sie Mr. Bonestell.

»Merkwürdig!«, sagte Shelby, der Mr. Bonestell über die Schulter blickte. Seine Stimme klang spöttisch.

»Überhaupt nicht merkwürdig«, sagte Justus. Er blieb ganz gelassen. »Wir haben ein Erfolgsverzeichnis, um das uns viele berufsmäßige Detektive beneiden könnten. Wir lassen uns nicht von Vorurteilen hemmen, wie das bei Erwachsenen oft der Fall ist. Wir sind davon überzeugt, dass fast alles möglich ist, und wir haben Vertrauen in unseren gesunden Menschenverstand. Mr. Bonestell, ich glaube nicht, dass Sie mit dem Bankraub etwas zu tun haben. Und ich denke, meine Freunde sind auch dieser Meinung.«

Justus schaute zu Bob und Peter hin, die beide nickten.

»Mr. Bonestell«, sagte Justus, »wenn Sie einverstanden sind, dann hätten die drei ??? Sie gern als Klienten.«

Walter Bonestell war sprachlos. »Ihr seid doch noch so jung!«, sagte er dann.

»Ist das wirklich ein solches Hindernis?«, fragte Justus.

Bonestell rieb sich verlegen die Hände. »Ich würde ja gern eine richtige Detektei beauftragen, nur … nur …«

»Walter, was würde Sie das kosten?«, wandte Shelby ein.

Der jüngere Mann zog sich einen Stuhl an den Tisch. Er schaute an Mr. Bonestell und den Jungen vorbei zu dem dunklen Fenster hin und schnitt seinem Spiegelbild eine

Grimasse. Er strich sich das glatte Haar zurück, nahm die Sonnenbrille ab und steckte sie in die Tasche seiner Cordjacke. »Ich weiß gar nicht, warum Sie sich solche Sorgen machen«, meinte er schließlich. »Nach eurer Rechtsprechung ist ein Mensch ja unschuldig, bis ihm eine Schuld nachgewiesen wird.«

»So ganz unschuldig komme ich mir nicht vor«, sagte Mr. Bonestell. »Immerhin habe ich die Diebe eingelassen.«

»Dafür kann man Sie nicht ins Gefängnis bringen«, sagte Shelby. »Aber wenn Ihnen das so zusetzt, warum übergeben Sie die Sache dann nicht den Jungen hier? Ich weiß zwar nicht, wie sie beweisen wollen, dass Sie es nicht gewesen sind, aber vielleicht gelingt es ihnen doch.«

»Wir werden unser Bestes tun«, versprach Peter.

»Ihr seid ja sehr hilfsbereit«, sagte Mr. Bonestell. »Ich finde das wirklich riesig nett. So nett war heute noch kaum jemand zu mir. Ja, also ... wenn ihr eventuell helfen könnt ... na, dann werde ich euch damit beauftragen. Höchste Zeit, dass sich jemand auf meine Seite schlägt!«

Was meint ihr denn dazu, geschätzte Leser? Ein wenig auffällig ist das schon, wie dieser Shelby, der anfangs nicht übermäßig viel Zutrauen zu den Fähigkeiten der drei ??? zu haben schien, seinem Hauswirt nun doch gut zuredet, den Fall dem Team Justus, Bob und Peter zu übertragen. Bewegen ihn dabei etwa irgendwelche Hintergedanken?

Mr. Bonestells Bericht

»Es war wie ein böser Traum«, sagte Mr. Bonestell. Er zog mit dem Finger das Muster im Wachstuch auf dem Tisch nach und blickte bekümmert von Justus zu Bob und von Bob zu Peter. »Man hat mich gebeten, nicht mehr zum Dienst zu kommen, bis das Verbrechen aufgeklärt ist. Man hat nicht gesagt, ich sei ein Dieb, aber es war herauszuhören. Wie können die so etwas von mir denken? Sehe ich aus wie einer, der sich an einem Bankraub beteiligt? Sieht es hier aus wie in einer Ganovenherberge?«

Die Jungen sahen Mr. Bonestell an und dann schauten sie sich in seiner blitzblanken Küche um. Justus musste ein Lächeln unterdrücken. Er konnte sich nicht vorstellen, dass Mr. Bonestell bei der Planung eines Verbrechens mitwirkte, und er konnte nicht glauben, dass in diesem Haus jemals Diebe zum Aushecken finsterer Pläne zusammengekommen waren. Das Haus war so sauber und aufgeräumt, dass es überhaupt kein besonderes Gepräge besaß.

»O Himmel!«, sagte da Shelby. »Meine Einkäufe!«

Er trat hinaus auf die Küchenveranda und ging ins Freie.

»Fangen Sie am besten ganz von vorn an, Mr. Bonestell«, empfahl Justus. »Wenn Sie uns alles erzählen, was Sie zu dem Bankraub wissen, dann fällt Ihnen vielleicht noch eine Einzelheit ein, die Sie bisher übersehen haben.«

Bonestell schien sich davon nicht viel zu erhoffen. »Hitfield meinte, es sei schwieriger zu beweisen, dass einer unschuldig ist – das heißt, wenn er kein Alibi hat –, als ihm eine Schuld nachzuweisen.«

»Sind Sie denn so sicher, dass Sie kein Alibi haben?«, fragte Justus. »Denken Sie einmal in aller Ruhe darüber nach. Wenn Sie zu den Dieben gehörten, hätten Sie doch in den letzten Tagen eine bestimmte Zeit für die Planung der Tat aufwenden müssen. Und Sie müssten die anderen Täter kennen. Können Sie Ihre Tätigkeiten während – na, sagen wir der letzten zwei Wochen lückenlos aufzählen?«

Mr. Bonestell schüttelte bedrückt den Kopf.

»Und Ihr Freund Shelby? Ich nehme an, er wohnt hier. Kann er Wesentliches darüber aussagen, was Sie in den letzten Tagen gemacht haben?«

Wieder schüttelte Mr. Bonestell den Kopf. »Shelby wohnt bei mir zur Untermiete, aber er ist oft nicht zu Hause. Er ist Berater im Außendienst für Systems TX-4. Das ist eine Computerfirma. Er reist viel und berät Betriebe, die sich eine EDV-Anlage einrichten wollen. Die ganze letzte Woche und auch übers Wochenende war er nicht da. Eine Firma in Fresno hat einen Großauftrag über das TX-System für Buchhaltung und Verkauf erteilt und dort war Shelby eingesetzt. Erst vorhin ist er zurückgekommen. Und wenn er mal da ist, kümmert er sich nicht viel um mich. Als ich selber bei TX-4 war, benahm er sich viel zugänglicher als jetzt.«

»Sie haben auch bei Systems TX-4 gearbeitet?«, fragte Justus.

»Ja, nachdem sie den Büromaschinenhersteller Jones-Templeton übernommen hatten.« Zum ersten Mal zeigte sich in Mr. Bonestells Gesicht ein Anflug von Stolz. »Ich war mehr als dreißig Jahre bei Jones-Templeton«, erklärte er. »Gleich nach dem Krieg habe ich dort angefangen. Erst war ich in der Poststelle, später im Einkauf, und da arbeitete ich mich hoch. Einmal waren wir zwölf Mitarbeiter in der Abteilung, und ich war stellvertretender Abteilungsleiter. Es war eine gute Stellung und meine Kinder hatten ein gutes Leben. Sicherheit, wisst ihr. Nicht das ständige Wechseln, wie es manche Männer machen.«

Mr. Bonestell stand auf und ging ins Wohnzimmer. Gleich darauf kam er mit einer gerahmten Fotografie zurück. Es war ein Bild von ihm selbst – ein jüngerer Mr. Bonestell mit dichtem, dunklem Haar. Er hatte sich mit einer molligen, blonden Frau und zwei Kindern zu einer Aufnahme gruppiert. »Meine Frau Eleanor«, sagte er und zeigte auf die Frau. »Wir heirateten ein Jahr nach Kriegsende. Sie ist vor vier Jahren an Herzinfarkt gestorben. Sie war noch viel zu jung für ein solches Ende.«

Er hielt inne und räusperte sich.

»Sehr traurig«, sagte Justus.

»Ja. Nun, so geht es im Leben. Aber es war dann sehr einsam hier, da ja auch die Kinder aus dem Haus waren. Mein Sohn ist Betriebsleiter bei Elliott Electronics in Sunnydale und Debra ist inzwischen verheiratet. Ihr Mann ist Schadenssachverständiger bei einer Versicherung. Sie wohnen in Bakersfield und haben zwei Kinder. Also gibt es vieles, wofür ich dankbar sein muss – zwei Kinder großgezogen und aus beiden ist etwas geworden. Mir wäre es lieber, wenn wir näher beieinander wohnten. Aber das wollen sie nicht, sie möchten nicht wieder zu mir ziehen. Als ich noch bei TX-4 war, suchte ich mir dann jemand, der zum Unterhalt des Hauses beitragen konnte. Shelby – Shelby Tuckerman – brauchte gerade eine Wohnung und da taten wir uns zusammen.«

Die Hintertür ging auf und Shelby trug eine große braune Tüte herein. Er trat an den Kühlschrank und begann Päckchen mit Tiefkühlkost einzuräumen.

»Wegen gestern Abend«, sagte Justus nach einem Augenblick. »Wären Sie so nett, uns noch einmal davon zu berichten?«

»Wenn ihr meint, dass uns das weiterbringt«, sagte Mr. Bonestell. »Erst war es das Übliche. Ich mache diese Arbeit nun seit fast einem Jahr. Ich fange mittags um zwölf an und kümmere mich um allerlei Kram – nichts von Bedeutung. Ich habe den Job nur angenommen, weil mir die Zeit zu lang wurde, nachdem ich … hm … bei System TX-4 in den Ruhestand ging. Man hat mich durch einen Computer ersetzt. Und jetzt bin ich eben in meiner Dienstuniform eine Art Mädchen für alles bei der Bank. Wenn die Bank schließt, muss ich noch die Gebäudereiniger beaufsichtigen. Sie brauchen nicht lange. Normalerweise sind sie gegen sechs fertig. Wenn ich sie hinausgelassen und wieder abgeschlossen habe, kontrolliere ich die Räume ein letztes Mal, um mich zu vergewissern, dass alles in Ordnung ist. Und dann gehe ich auch weg. Einen Nachtwächter gibt es in der Bank nicht. Der Tresorraum ist durch ein Zeitschloss gesichert und da brauchen sie das nicht. Niemand könnte den Tresor öffnen, ohne einen Alarm auszulösen, der jedem Polizisten in der Stadt Beine macht.«

»Deshalb haben die Täter Sie also die ganze Nacht eingesperrt«, sagte Bob. »Sie konnten ja nichts unternehmen, solange das Zeitschloss eingeschaltet war.«

»Stimmt«, sagte Mr. Bonestell. »Es waren drei Männer, und natürlich kannten sie sich mit der Organisation aus. Bestimmt haben sie aus einem Versteck beobachtet, wie die Putzleute weggingen und im Aufzug hinunterfuhren. Dann kam einer von ihnen an die Tür und klopfte. In der Vorhalle ist es nicht allzu hell, und als ich durch die Tür hinausschaute, sah ich einen Mann in Latzhosen mit einem wirren, grauen Haarschopf und einer Mütze, die er ins Gesicht gezogen hatte. Ich dachte, Rolf sei aus irgendeinem Grund noch einmal hergekommen. Ich schloss die Tür auf und er trat ein, und da merkte ich, dass es gar nicht Rolf war. Er hatte eine Waffe, und da war es zu spät, um etwas zu tun. Gleich danach kamen noch zwei andere Leute. Sie trugen Perücken und falsche Bärte. Sie zwangen mich, nach hinten zum Besprechungszimmer zu gehen, wo man mich von der Straße aus nicht sehen konnte. Dort bewachten sie mich die ganze Nacht und an den Tresor gingen sie erst gar nicht heran. Als am nächsten Morgen die Angestellten zur Arbeit kamen, scheuchten die Täter sie auch ins Besprechungszimmer. Und als Mr. Henderson eintraf – das ist der Mann, der die Kombination kennt und den Tresorraum öffnet –, da wussten sie genau Bescheid. Sie zwangen ihn, den Tresorraum zu öffnen, sobald die Zeitsperre abgelaufen war.«

Shelby Tuckerman setzte sich neben Peter. »Ich bin der Ansicht, jemand aus der Nachbarschaft hat Sie genau beobachtet«, sagte er zu Mr. Bonestell. »Oder einer von den alten Knackern beim Seniorentreff hat sich überlegt, dass es ein Kinderspiel sein müsste, die Bank auszuräumen.«

Mr. Bonestell war sichtlich verärgert. »Aber Shelby, einen Nachbarn oder Bekannten würde ich doch erkennen. Und die Männer gestern Abend kannte ich nicht. Sie waren mir völlig fremd.«

Shelby stand auf und setzte einen Wasserkessel auf den Herd. »Sie waren doch maskiert, oder nicht?«, sagte er. »Ich finde, es könnte nicht schaden, wenn die Jungen sich mit den Nachbarn befassten. Die sind ja nun wirklich nichts Rares.«

»Was sollten sie denn sein, Heilige vielleicht?«, fuhr Mr. Bonestell auf.

Justus beugte sich vor. »Begreiflicherweise wollen Sie sich den Nachbarn gegenüber keinen Verdacht anmerken lassen«, sagte er. »Aber es hat wirklich den Anschein, dass sich jemand mit dem Tagesablauf der Bank bestens auskannte. Sind Sie sicher, dass Sie in den letzten Tagen nicht beobachtet wurden? Hat Sie etwa jemand über Ihre Arbeit ausgefragt?«

»Nein«, sagte Mr. Bonestell mit kläglicher Miene.

Das Wasser begann zu kochen und Shelby löffelte Pulverkaffee in eine Tasse und goß heißes Wasser darüber. Dann kam er an den Tisch zurück, setzte sich hin und schlürfte das schwarze Getränk. Dabei schaute er von Justus zu Mr. Bonestell und wieder zurück.

»Vielleicht werden wir beweisen müssen, dass ein anderer der Täter ist, ehe wir beweisen können, dass Sie unschuldig sind«, sagte Justus. »Einen Fingerzeig haben wir vielleicht schon.«

»Einen Fingerzeig?«, fragte Mr. Bonestell begierig. »Was denn?«

»Zum jetzigen Zeitpunkt wissen wir noch nicht bestimmt, ob uns das auf eine Spur führt«, erklärte Justus. »Vielleicht ist es am besten, wenn wir mit Ihnen vorerst nicht darüber sprechen. Wir werden Ermittlungen anstellen und Sie morgen oder übermorgen anrufen. Sie geben uns Ihrerseits Nachricht, sofern Ihnen irgendein eigenartiges Verhalten oder eine außergewöhnliche Neugier in Ihrem Bekanntenkreis auffällt. Die Telefonnummer steht auf der Rückseite unserer Karte.«

»Ja, selbstverständlich.«

Die Jungen verließen das Haus. Als sich die Tür hinter

ihnen geschlossen hatte, sagte Bob: »Einen Fingerzeig? Meinst du die Brieftasche? Ist das dein Fingerzeig?«

»Ein sehr dürftiger Fingerzeig«, sagte Justus. »Aber sonst haben wir ja nichts. Ich denke, wir sind uns darüber einig, dass weder Mr. Hitfield noch Mr. Bonestell Kriminelle sind. Aber wenn der Blinde irgendeine Verbindung mit dem Bankraub hat, dann ist Mr. Hitfield möglicherweise mit einem Kriminellen zusammengetroffen. Seine Brieftasche ist das Bindeglied und da lohnt es sich bestimmt einzuhaken.«

»Wenn du meinst«, sagte Peter. »Aber verschone mich künftig mit Orten, wo man uns mit Schießeisen bedroht!«

»Ich werde heute Abend bei Alfred Hitchcock anrufen«, äußerte Justus mehr zu sich selbst. »Sicherlich hat sich Mr. Hitfield, sein alter Bekannter, inzwischen bei ihm gemeldet. Ich will mal hören, was Mr. Hitchcock zu der Sache meint.«

Ein Albtraum

Am nächsten Morgen hatte Justus in der Zentrale tatsächlich zu berichten, dass er Alfred Hitchcock nach einigen vergeblichen Versuchen noch spätabends erreicht hatte. »Etwas Neues ist bei dem Anruf nicht herausgekommen«, meldete der Erste Detektiv. »Mr. Hitchcock empfiehlt uns, bei weiteren Ermittlungen vorsichtig zu sein. Und er sagte, für Albert Hitfield würde er die Hand ins Feuer legen – ihm könnten wir trauen.«

Als Erster verließ Bob den Schrottplatz. Schon um neun Uhr war er mit dem Fahrrad auf der Küstenstraße nach Süden unterwegs, denn er wollte nach Santa Monica. Er hatte vor, bei den Geschäften in der Umgebung der Spar- und Darlehenskasse nachzufragen, ob der Blinde seit dem Bankraub noch einmal gesehen worden war. Dann musste er zurück nach Rocky Beach, um in der Bibliothek ein paar Stunden seiner Nebenbeschäftigung nachzugehen.

Justus und Peter blickten Bob nach. Dann fuhren die beiden nach Norden los und noch vor halb zehn hatten sie Malibu hinter sich gelassen. Nach der Stadtgrenze radelten sie eine steile Steigung empor, dann flitzten sie auf der anderen Seite hinunter zum Pier des Angelsportbetriebs Denicola.

Am Straßenrand gegenüber Denicolas Pier machten die Jungen Halt. Im Vorbeifahren hatten sie das Anwesen schon unzählige Male gesehen, aber bis jetzt hatten sie es nie näher beachtet. Vor diesem Morgen war Denicola für sie einfach eines der großen Grundstücke neben der Straße gewesen, wo sich Angler trafen. Jetzt parkten am Straßenrand ein paar Campingwagen und Transporter und am Ufer südlich des Piers waren Männer und Frauen beim Fischen. Im noch kühlen Frühlingswind waren draußen, wo sich die Wellen brachen, sogar ein paar ganz Unentwegte in Taucheranzügen beim Surfen.

»Prachtvolles Surfwetter heute«, sagte Peter nicht ohne Neid. Peter war ein hervorragender Surfer, und es hätte ihm großen Spaß gemacht, jetzt mit seinem Brett draußen zu sein.

Doch Justus interessierte sich nicht fürs Surfen. Er betrachtete aufmerksam den Pier und das große Fischerboot, das daran festgemacht war. Das Boot hieß *Maria III.* Es war ein stabiles, gepflegtes Boot, etwa fünfzehn Meter lang, mit einem Ruderhaus für den Steuermann und offenen Decks für die Sportfischer, die es mieten konnten. Eine Luke im Deck stand offen und ein junger Mann in einer blauen Segeljacke schaute gerade zum Bootsmotor hinunter.

An der Nordseite des Piers gegenüber dem Boot lag ein Floß, zu dem ein Steg hinunterführte. Ein Ruderboot war an dem Floß vertäut. Im tiefen Wasser draußen vor dem Pier sahen die Jungen ein schnittiges, weißes Motorboot, das an einer Boje festgemacht war. Der Sitz des Steuermannes war mit einer Persenning abgedeckt.

»Das muss Mr. Hitfields Rennboot sein«, meinte Justus.

»Hm«, machte Peter. Er schaute noch immer sehnsüchtig zu den Surfern hinaus.

»Na, willst du hierbleiben und auf unsere Fahrräder aufpassen?«, fragte Justus.

Wieder machte Peter nur: »Hm.«

Justus grinste, stellte sein Fahrrad ab und ging über die Straße.

Eine Zufahrt führte von der Straße zum Pier hinunter. Links war ein kleiner Parkplatz, zur Zeit unbesetzt. Zur Rechten gab es noch eine Abzweigung zu einem Haus mit verblichener grauer Holzverkleidung und weiß gestrichenem Fensterrahmen. Auf dem Abstellplatz beim Haus stand ein Lieferwagen. Zwischen dem Haus und dem Pier befand sich ein kleiner Kiosk, der an drei Seiten verglast war und an der dem Dock zugewandten Seite eine Tür hatte. Durch die Fenster dieses Bürohäuschens sah Justus eine grauhaarige Frau in Schwarz an einem Schreibtisch sitzen. Sie war in ein Geschäftsbuch vertieft, während eine jüngere Frau mit dichtgelockter roter Mähne gerade telefonierte.

Justus ging zum Büro, lächelte der rothaarigen Frau durchs Fenster zu, öffnete dann die Tür und trat ein.

Im Büro roch es nach Seewasser und Gummistiefeln und Tang und Moder. An einer Wand standen eine hölzerne Bank und ein Tisch mit Prospekten über Sportfischerei und Bootsausflüge zu den Channel-Inseln vor der Küste.

Die rothaarige Frau legte die Hand über die Sprechmuschel. »Bin gleich soweit«, sagte sie.

»Eilt nicht«, sagte Justus.

Die ältere Frau sah auf und plötzlich fühlte sich Justus von ihrem Blick regelrecht durchbohrt. Ein kalter Schauder durchzuckte ihn. Die dunklen Augen der Frau waren eigenartig wissend, als könne sie Justs Gedanken lesen. Doch ihr Lächeln war geistesabwesend. Sie schien gar nicht zu merken, welch beängstigenden Eindruck sie auf Justus machte. Nach einem Augenblick beugte sie sich wieder über ihre Akten.

Voll Unbehagen wandte sich Justus ab und schaute zum Dock hinaus. Der junge Mann in der Segeljacke war mit der Inspektion des Motors auf der *Maria III* fertig. Er machte die Luke dicht, sprang vom Boot auf den Pier und kam dann pfeifend auf das Büro zu.

»Schön«, sagte die Rothaarige am Telefon. »Sie kommen also am Sonnabend mit dreiundvierzig Mann. Falls es mehr werden, geben Sie mir Bescheid, ja?«

Sie legte gerade auf, als der Bursche in der Segeljacke eintrat. »Ja, bitte?«, wandte sie sich an Justus.

»Ich wollte nachfragen, ob Sie eine Brieftasche gesehen haben«, sagte Justus. »Ist eine abgegeben worden? Mr. Hitfield hat gestern oder vorgestern seine Brieftasche verloren.«

»Mr. Hitfield? War der denn in letzter Zeit hier? Ich habe ihn nicht gesehen. Ernie, hast du ihn zu seinem Boot hinausgerudert? Würdest du im Ruderboot nachsehen? Schau mal, ob da eine Brieftasche liegt.«

»Da ist keine«, sagte der junge Mann in der Segeljacke. »Mr. Hitfield war vorgestern hier. Ich musste das Ruderboot ausschöpfen, als ich ihn zum Dock zurückgebracht hatte. Da hätte ich eine Brieftasche gefunden, wenn er sie im Boot verloren hätte.«

Er schaute Justus verblüfft an. »Wieso kann denn Mr. Hitfield nicht selbst herkommen? Oder anrufen?«

»Er hat viel zu tun«, sagte Justus. »In den letzten zwei Tagen war er an mehreren Orten, und er kann sich nicht erinnern, wo er seine Brieftasche zuletzt hatte. Ich sagte, ich würde für ihn nachforschen. So kommt man weiter. Wenn man nur anruft, nehmen sich die Leute nicht immer die Zeit, nach verlorenen Sachen zu suchen.«

Justus wollte noch sagen, dass Mr. Hitfield einen Mann mit grauem Haar und dunkler Brille und einer Narbe im Gesicht gesehen hatte, aber ehe er den blinden Bettler beschreiben konnte, blickte die ältere Frau zu ihm auf.

»Du fragst nach einer Brieftasche?«, sagte sie. »Das ist eigenartig. Heute Nacht habe ich von einer Brieftasche geträumt.«

Die Jüngere lächelte. »Meine Schwiegermutter kann einem richtig Angst machen«, sagte sie zu Justus. »Sie hat die seltsamsten Träume, die manchmal Wirklichkeit werden.«

»Ich mache niemandem Angst«, sagte die ältere Frau. In ihrer Sprechweise war die Andeutung eines Akzents zu hören und dieser wurde nun deutlicher. »Mir machen diese Träume manchmal Angst. Heute Nacht träumte ich, ein fremder Mann käme hierher. Er hob eine Brieftasche vom Boden auf und steckte sie rasch in die Tasche. Es war ein sonderbarer Mann. Er hatte graues Haar wie mein Vincenzo, ehe er starb, aber er war nicht klein und alt wie Vincenzo. Ich sehe ihn jetzt noch vor mir: Er war jünger und er trug eine dunkle Brille. Im Gesicht hatte er einen Strich, als hätte ihn einmal jemand mit einem Messer verletzt. Er ging an einem Stock wie ein Blinder, aber er wusste, dass ich ihn beobachtete. Er war eine Gefahr für mich, das spürte ich. Es war ein böser Traum und ganz wirklich.«

Sie wandte sich nach der jüngeren Frau um. »Mir ist gar nicht wohl dabei, Eileen.«

Neben sich hörte Justus einen erschrockenen Laut.

Justus drehte sich um. Ernie war blass geworden, und Justus kam es so vor, als zittere er leicht.

»Was ist denn, Ernie?«, fragte die jüngere Frau. »Passt etwa diese Beschreibung auf einen deiner Bekannten?«

»O nein!« Ernie sprach hastig und zu laut. »Es ist nur so beängstigend, wenn Mrs. Denicola so etwas passiert.«

»Ja, ich kenne das«, sagte die jüngere Frau.

Alle schwiegen kurz. Dann bedankte sich Justus bei den beiden Frauen und trat aus dem Büro ins Freie. Er lief schnell über die Fahrbahn zu Peter, der noch immer ganz hingerissen den Surfern zusah.

»Das ist ein Volltreffer!«, sagte Justus. »Die alte Dame dort im Büro ist Mrs. Denicola, und die jüngere Frau ist ihre Schwiegertochter, und sie sagt, dass die alte Dame Wahrträume hat.«

»Soll das heißen, sie träumt von Ereignissen, die dann tatsächlich eintreten?«, fragte Peter.

»Mag sein«, sagte Justus, »aber sie träumt auch davon, was sich bereits zugetragen hat. Sie hat letzte Nacht von einem Mann geträumt, der eine Brieftasche gefunden und eingesteckt hat. Es war ein Mann, der an einem Stock ging – ein Blinder. Und er war eine Gefahr für sie!«

Peter machte große Augen. »Das hast du dir ausgedacht!«, meinte er vorwurfsvoll.

»Keineswegs. Ich wiederhole genau, was sie erzählt hat. Sie hat Angst, und der Bursche, der auf dem Boot draußen war, als wir vorhin herkamen, ebenso. Als er von dem Traum hörte, war er ganz starr. Er weiß etwas über den Blinden, und er will nicht, dass das jemand erfährt! Er hat etwas mit unserem rätselhaften Fall zu tun. Und ich habe vor, das aufzuklären!«

Peter als ungeladener Gast

Peter beschloss beim Pier der Denicolas zu bleiben und den Burschen namens Ernie im Auge zu behalten.

»Wenn er etwas vorhat, sollten wir herausfinden, was das ist«, sagte Peter, »und dich hat er ja gesehen. Es würde ihm verdächtig vorkommen, wenn du dich weiter hier herumdrückst. Mich hat er nicht gesehen, also kann ich in der Nähe bleiben. Das fällt ihm sicher nicht auf.«

»Sei aber vorsichtig«, mahnte Justus.

»Du weißt doch, dass ich vorsichtig bin«, sagte Peter. »Ich bin immer vorsichtig – was man von dir nicht behaupten kann!«

Dann machte sich Justus auf und fuhr die Straße entlang und Peter ging über die Fahrbahn zur Uferseite. Er schob sein Fahrrad an eine Stelle unter dem Pier, der am Ufer hoch genug war, dass man darunter aufrecht stehen konnte, und schloss es an einen Stützpfeiler an. Er achtete sorgfältig darauf, dass man ihm kein Interesse an den Denicolas anmerkte. Jeder, der ihn jetzt sah, würde ihn für irgendeinen Jungen halten, der einen sicheren Abstellplatz für sein Fahrrad suchte. Peter ging ein Stück am Strand entlang und kam an ein paar Anglern vorüber. Dann setzte er sich in den Sand und schaute übers Wasser zur *Maria III* hinaus. Ernie war jetzt wieder an Bord. Er polierte die Messingbeschläge.

Der Vormittag ging ganz geruhsam vorüber. Eine Schar Kinder kam zum Spielen im Sand um den Pier. Peter bekam mit, dass sie in der Nähe wohnten, und fragte sie ein wenig aus. Sie erzählten Peter, Ernie wohne in dem kleinen Haus gleich vorn an der Straße und er habe dort zwei Freunde bei sich. Das seien Männer, die sich untereinander in einer fremden Sprache unterhielten. Peter verbuchte diese Auskunft hocherfreut. Er fand, auch Justus hätte das nicht besser machen können.

Zum Mittagessen aß Peter ein belegtes Brot, das er sich in einem kleinen Supermarkt an der Straße kaufte. Dann kehrte er zum Strand zurück und beobachtete Ernie den ganzen Nachmittag. Kurz nach fünf verließ Ernie den Pier und ging zur Straße vor. Er schritt am Fahrbahnrand entlang und Peter folgte ihm in einiger Entfernung.

Ernie ging geradewegs auf ein heruntergekommenes kleines Haus zu, das mit der Front zur Straße stand, während der hintere Teil im Sand durch Pfeiler abgestützt war. Als er in dem halb verfallenen alten Bau verschwand, blieb Peter stehen und fragte sich, was er nun machen solle. Wie konnte er mehr über diesen Mann herausfinden, der möglicherweise jenen Bettler kannte?

Ein klappriger, alter Lastwagen kam die Straße entlanggerumpelt. Gegenüber von Ernies Haus fuhr er an den

Straßenrand und ein junger Mann sprang aus dem Führerhaus. Er bedankte sich noch winkend beim Fahrer, dann überquerte er die Fahrbahn und ging in das Haus. Der Lastwagen fuhr weiter.

Ein paar Minuten später tauchte in einem uralten Buick noch ein dritter junger Mann auf. Er parkte den Wagen auf dem unkrautüberwucherten Platz beim Haus, ging dann hinein und schlug die Tür hinter sich zu.

Am Ufer waren nun nur noch wenige Angler. Die Sonne neigte sich dem Horizont zu. Peter beschloss noch zehn Minuten auf seinem Posten zu bleiben und dann das Fahrrad zu holen und heimzufahren.

Kaum hatte er sich das überlegt, als sich die Tür zu Ernies Haus öffnete. Ernie und die beiden anderen Männer traten ins Freie und gingen die Straße entlang. Peter schlenderte gemächlich hinterher. Die Männer schritten am Anwesen der Denicolas vorüber, gingen dann über die Straße und stapften einen kurvenreichen Fahrweg hinauf. Er führte zu einem Gebäude, das ganz oben auf der Hügelkuppe stand, mit der Vorderseite zum Meer. Ein Hinweisschild am Hang wies es als Motel »Seeblick« aus.

Ernie und seine Freunde waren gerade oben auf dem Hügel angelangt, als ein Auto in die Zufahrt zum Motel einbog und langsam die Steigung nahm. Noch ein Wagen kam angefahren und folgte dem ersten bergan und ein dritter hielt am Straßenrand an. Ein Mann und eine Frau stiegen aus und machten sich zu Fuß auf den Weg nach oben und dann brausten noch zwei junge Männer mit Mofas den Berg hinauf.

Peter sah sich alles an und wunderte sich. Als ein Transporter voller junger Leute am Straßenrand hielt, wollte er auch nicht länger untätig bleiben. Er überquerte die Straße, als gerade wieder ein Auto dort geparkt hatte. Ein Ehepaar in mittleren Jahren stieg aus und dann kamen noch zwei Jungen in Peters Alter. Alle vier gingen die Zufahrt hinauf. Peter hielt ein paar Schritte Abstand.

Er folgte der Familie bis zur Kuppe, dann hinter das Motel zum Parkplatz und Schwimmbecken. Die Türen der Apartments gingen alle nach hinten hinaus. Darüber waren unter der Dachtraufe schon die Lampen eingeschaltet. Auf dem breiten, plankenbelegten Gang um das Schwimmbecken und einem Teil der asphaltierten Parkfläche waren Klappstühle in Reihen aufgestellt. Hinter dem Schwimmbad war ein Gelände, wo Ernie und seine beiden Freunde große Plakatständer aufrichteten und dann riesige Foto-Poster daran befestigten. Eine Porträtaufnahme in Schwarzweiß stellte einen weißhaarigen Mann in wallendem Gewand dar. Ein Farbfoto zeigte eine Stadt im Sonnenlicht, dem Anschein nach in südlichen Gefilden. Beim dritten Bild holte Peter verblüfft Atem. Es war die Aufnahme eines Mannes mit wirrem grauem Haar, mit einer Narbe, die vom Jochbein bis zum Kinn verlief, und mit einer dunklen Brille vor den Augen. Der sah ja genauso aus wie der blinde Bettler – laut Bob!

Peter war nicht wenig aufgeregt. Schließlich war er hier nicht eingeladen. Es drängte ihn, sich dünnzumachen, aber er wusste, dass Justus ihm das nie verzeihen würde. Gleich würde hier irgendeine Versammlung stattfinden, und dabei würde er vielleicht erfahren können, wer der Mann mit dem Narbengesicht war. Eine Gebühr wurde anscheinend nicht verlangt, niemand achtete auf Peter. Da fand er, nun könne er auch beruhigt dableiben, wenn er sich ruhig verhielt und einfach so tat, als gehöre er dazu.

Er setzte sich auf einen der Klappstühle und brachte ein

freundliches Lächeln zuwege, als ein beleibter Mann, der nach dem steilen Weg bergan mächtig schnaufen musste, neben ihm Platz nahm.

Es kamen immer mehr Leute. Als alle Stühle besetzt waren, ließen sich die Menschen auf den Stufen vor dem Motelbüro und auf der Mauer an einer Seite des Schwimmbeckens nieder. Im Motel brannte kein Licht und Peter fragte sich, ob es etwa nur über den Sommer geöffnet war.

Es war schon fast dunkel, als Ernie ein kleines Rednerpult bestieg, das vor der Reihe der Großfotos aufgestellt worden war. Einer von Ernies Freunden kam hinter dem Motelbüro hervorgeschritten. Er trug einen großen Wimpel aus blauem Satin, mit Gold eingefasst. In der Mitte prangte ein goldener Tisch, umgeben von glitzernden Sternen.

Eine Frau im Publikum stimmte ein Lied an. Eine andere Frauenstimme fiel ein, dann sang ein Mann mit. Bald hatten sich alle von ihren Plätzen erhoben und sangen. Die Melodie war rhythmisch stark betont, klang aber feierlich. Peter stand auch auf und tat, als singe er mit. Peter fühlte sich ein wenig an die lateinamerikanische Weihnachtsmesse erinnert, die er einmal in einem Schulkonzert gehört hatte. Als das Lied zu Ende war, setzten sich die Sänger unter Husten und Stühlerücken hin und Ernie trat vom Pult ab.

Nun stieg ein älterer Mann hinauf und begann Spanisch zu sprechen. Das hatte noch gefehlt – wo Peter doch kein Spanisch konnte!

Erst war die Stimme des Redners verhalten. Bald wurde sie lauter und beschwörend. Der Mann erhob beide Hände, als rufe er eine höhere Macht an.

Als die Worte des Mannes verklungen waren und er vom Pult abtrat, ertönten begeisterte Zurufe. Dann kam eine junge Frau mit langem, glattem blonden Haar aus dem Publikum. Sie stellte sich vor die Menschen hin und trug laut ein paar Worte vor, die wie ein Gebet klangen. Die Leute reckten die Arme zum Himmel und sprachen im Chor mit.

Die Frau erhob ebenfalls die Hände und es wurde still in der Menge. Nun begann die Frau zu reden. Ihr Gesicht strahlte, die weit geöffneten Augen leuchteten und sie wies im grellen Licht der Scheinwerfer immer wieder nachdrücklich auf die Bilderwand im Hintergrund. Jedes Mal wenn sie auf das Porträt des Mannes mit der Narbe zeigte, erschallten aus der hingerissenen Menge spontane Zurufe.

Als sie ausgeredet hatte, wollten die Beifallskundgebungen kein Ende nehmen. Ernie kam wieder an das Pult und allmählich beruhigten sich die Leute. Dann begann Ernie zu Peters Entsetzen einzelne Anwesende im Publikum auszuwählen! Er zeigte mit dem Finger auf sie und forderte sie laut auf, sich zu erheben und zu sprechen. Einer nach dem anderen leistete der Aufforderung Folge und geredet wurde immer spanisch. Erst kam ein Mann in der ersten Reihe, dann eine Frau weiter hinten, dann ein Junge, der sich auf die Stufen vor dem Motel gesetzt hatte. Immer wenn jemand aufstand, rief Ernie etwas Aufmunterndes und hob die Arme. Und dann zeigte Ernie auf Peter und die Männer und Frauen ringsum schauten alle zu ihm her.

Peter schüttelte den Kopf, aber der Mann, der rechts von ihm saß, fasste ihn unter den Ellbogen und bedeutete ihm, er müsse aufstehen.

Langsam, wie in einem Angsttraum, kam Peter auf die Füße zu stehen. Er wusste, dass er sich nun ganz schnell etwas einfallen lassen musste, aber sein Gehirn war wie erstarrt.

Ernie sagte etwas und in der Menge wurde gelacht. Dann war es ganz still. Peter sah lauter Gesichter, alle ihm zugewandt und voller Erwartung.

Peter wollte weglaufen. Er wollte hier weg, heraus aus dieser Volksmenge und auf die Straße, ehe die Leute hier merkten, dass er als Spion unter ihnen war.

Der Mann neben Peter sagte leise etwas zu ihm. War das nur eine Frage? Oder war es eine Drohung?

Plötzlich legte Peter eine Hand an die Kehle. Er machte den Mund auf und zeigte hin. Dazu stieß er einen halb krächzenden, halb gurgelnden Laut aus und schüttelte den Kopf.

»Aha!«, sagte der Mann neben ihm. »Stockheiser ist der Junge!«

Peter nickte und rang sich ein Lächeln ab. Die Leute lachten, und Peter setzte sich wieder hin, ganz schwach vor Erleichterung. Sein Nachbar klopfte ihm mitfühlend auf den Rücken. Das Publikum wandte sich von ihm ab. Ernie sagte etwas und zeigte auf einen anderen in der Versammlung, und der stand auf und sprach ein paar Worte. Anschließend schickte Ernie und einer seiner Freunde ein Körbchen zwischen den Stuhlreihen durch. Die junge Frau mit dem blonden Haar meldete sich noch einmal zu Wort. Offenbar forderte sie die Anwesenden auf, großzügig zu spenden.

Der Korb war mit Geldscheinen schon bis zum Rand gefüllt, als er bei Peter ankam. Er legte einen Dollar obenauf und reichte den Korb weiter. Und dann rief jemand etwas vom Ende der Zufahrt her und blitzartig war der Korb verschwunden.

Getrappel und hastige Worte folgten und Ernie und zwei andere Männer saßen nun plötzlich mit Gitarren und einem Akkordeon vor der Menge. Ernie schlug einen Akkord auf seiner Gitarre an. Der Mann mit dem Akkordeon fing an zu spielen und die blonde junge Frau stimmte mit leiser Stimme ein Lied an.

Die Zuhörer fielen ein, und es erklang eine Melodie, schlicht und anmutig wie ein Volkslied, das Kinder sangen.

Peter hörte ein Motorrad heranbrausen. Er drehte sich um und gerade da kam ein Polizist von der Verkehrsstreife die Straße herauf.

Die Stimmen der Sänger wurden zaghaft und das Lied erstarb.

Der Streifenpolizist stieg von seinem Motorrad und ging zu dem freien Platz beim Rednerpult. »Tut mir Leid, euch hier zu stören, Leute«, sagte er. »Wer hat denn hier das Sagen?«

»Das bin ich.« Ernie stand auf. »Was ist denn los? Wir haben von Mr. Sanderson die Erlaubnis, hier eine Probe abzuhalten.«

»Sanderson?« Der Polizist schaute zum Motelbüro hin. »Ist das der Besitzer hier?«

»Richtig. Wir haben bei ihm den Aufenthaltsraum gemietet. Wollen Sie die Quittung sehen?«

»Nein, ich glaube Ihnen ja. Aber das hier ist nicht der Aufenthaltsraum. Und hat Sanderson – oder sonst jemand – Ihnen nicht gesagt, dass das Motel nicht mehr sicher ist? Was meinen Sie wohl, warum es geschlossen ist? Der Erdboden ist nach dem Dauerregen nicht mehr fest und der

Hang kann jeden Augenblick ins Rutschen kommen. Was machen Sie übrigens hier? Wer sind denn all diese Leute?«

Ernies Lächeln war gekonnt und unschuldsvoll. »Wir sind der Singkreis von Sunset Hill«, sagte er. »Wir proben für das Folk-Festival im Coliseum am siebenundzwanzigsten.«

Der Polizist schaute über die Menschenmenge hin. »All die Leute?«, fragte er. »Sie proben alle für dieses ... Festival?«

»Bei dem Folk-Festival sind auch große Amateur-Chöre zugelassen«, erklärte Ernie geduldig. »Ja, Mr. Sanderson hat uns gesagt, der Berg sei nicht mehr sicher. Aber es war zu spät, um die Probe abzusagen, und ein paar von unseren Sängern sind eigens aus Laguna gekommen, also beschlossen wir, hier im Freien zu proben. Das ist ja ungefährlich. Wenn das Motel tatsächlich einstürzt, wird wenigstens keiner verletzt, nicht?«

»Verlassen Sie sich lieber nicht darauf«, riet der Polizist. Er erhob die Stimme. »Tut mir Leid, Leute, aber ich muss euch alle bitten, so schnell wie möglich das Gelände zu räumen. Bitte keine Panik, aber es ist wirklich ein Risiko, also beeilt euch. Na, dann los. Alles heraus hier. Wegen der Stühle macht euch keine Sorgen. Die lassen wir stehen. Aber nun bitte alles weg hier.«

Die Menschen räumten das Feld in Ruhe und Ordnung. Als Peter bergab ging, hörte er noch, wie Ernie zu dem Polizisten sagte: »Na gut, aber meine Gitarre will ich wenigstens noch einpacken, ja?«

Peter schüttelte verwundert den Kopf. Er dachte nur noch: Wenn das erst Justus zu hören bekommt!

Heiße Rhythmen, überlebensgroße Kultfiguren, dieses blau-goldene Symbol eines Tisches und der Aufruf zum Spendenopfer – dieses Freilichttheater kommt mir in jeder Beziehung spanisch vor. War das nun die Sammelaktion einer wohltätigen Loge für eine Massenspeisung am goldenen Tisch? Oder war es ein gigantischer Werbegag für einen kommenden Bestseller oder Erfolgsfilm?

Neue Fährten

»Ich weiß nicht, wozu die Leute zusammengekommen waren«, sagte Peter. «Aber ich wette mein ganzes Taschengeld für April, dass das mit Folk-Singerei nichts zu tun hatte.«

Es war am nächsten Morgen und Peter saß in der Zentrale auf dem Fußboden. Er blickte finster vor sich hin.

»Da wette ich lieber nicht mit dir«, sagte Justus. Er hatte den Lokalteil der *Los Angeles Times* vor sich auf dem Schreibtisch ausgebreitet. »Im Coliseum findet nämlich am siebenundzwanzigsten eine Kleintierzuchtschau statt.«

Bob saß auf einem Schemel am Vorhang, der im Campingwagen den Büroteil von Justs Detektiv-Labor abtrennte. Er war am Vortag ganz entmutigt gewesen, als er aus Santa Monica zurückkam, denn es war ihm nicht gelungen, über den Blinden noch etwas in Erfahrung zu bringen. Jetzt, nachdem er sich Peters Geschichte angehört hatte, hatte er wieder Oberwasser. Nun kam ihm zugute, was er kurz vorher in einer Illustrierten über religiöse Kulte gelesen hatte.

»Der Wimpel, den sie bei dieser Probe oder Versammlung oder was das nun war, benutzten – das ist keine Flagge«, berichtete er. »Die Flagge von Mexiko zum Beispiel ist rot-weiß-grün. Und die Flaggen der südamerikanischen Staaten sehen auch alle anders aus.«

»Vielleicht ist es dann das Emblem einer Kultgemeinde oder Sekte«, sagte Justus, der sich zu Bobs Erwähnung des hymnischen Chorgesanges seine Gedanken gemacht hatte.

Prüfend sah Bob den Ersten Detektiv an. »Du hast wohl auch das neueste Heft von *Horizon* gelesen?«, fragte er.

Justus schüttelte den Kopf. »Das bekomme ich erst noch, es liegt bei Onkel Titus auf dem Nachttisch.«

»Dann hast du mit deinem Superinstinkt wieder den Nagel auf den Kopf getroffen«, musste Bob nicht ohne Neid anerkennen. »Kannst du das Heft nicht mal eben holen? Sonst müsste ich erst nach Hause radeln.«

»Bin gleich wieder da«, sagte Justus nur. Zwei Minuten später war er mit dem Magazin zurück und reichte es Bob. »So, und nun kläre uns auf, nachdem du bereits unterrichtet zu sein scheinst.«

Bob blätterte rasch die Seiten um und blickte dann zu seinen Freunden auf. »Hier – Venezuela«, sagte er. »In diesem Land gibt es eine weit verbreitete Kultgemeinschaft, die sich *Mesa d'Oro* nennt. Das heißt ›goldener Tisch‹. Seht ihr die Abbildung hier – das Emblem dieser Sekte, genau wie es Peter auf dem Wimpel gesehen hat. Leider wird das Thema in dem Artikel nur sehr knapp behandelt. Es sind hauptsächlich Abbildungen mit kurzen Bildunterschriften.«

»Aber die Übereinstimmung mit dem Bild hier ist eindeutig«, sagte Justus. »Peter hat bei der Versammlung das Wahrzeichen der Sekte *Mesa d'Oro* gesehen. Nur – eigenartig ist das schon. Da wird hier in Kalifornien eine Zusammenkunft abgehalten, wobei Geld gesammelt wird. Geld also für eine Sekte in Südamerika. Die Veranstalter halten mit irgendetwas hinterm Berg, sie lügen den Polizisten an, der später auftaucht. Ein Großfoto unseres alten Bekannten, dieses blinden Mannes mit dem Narbengesicht, wird dort aufgestellt, und der Mann, der die Versammlung leitet, ist der gleiche, der so erschrocken – oder doch betroffen – war, als die alte Mrs. Denicola von einem Traum erzählte, in dem ein Blinder eine Brieftasche aufhob. Was war denn nun wirklich mit diesen Leuten gestern Abend? Hatten sie etwas mit dem Bankraub zu tun oder haben wir hier noch ein neues Rätsel vor uns? Ganz offenbar wollten sie nicht, dass die Polizei hinter den Zweck ihres Treffens kommt.«

»Ein Verbrechen planen die bestimmt nicht«, meinte Bob. »Das wäre ja absurd. Nicht mit so vielen Menschen und nicht ohne jede Absicherung. Peter konnte ja einfach hinein und sich dazusetzen, ohne dass es auffiel.«

Justus runzelte die Stirn und zupfte an seiner Unterlippe – untrügliches Anzeichen dafür, dass er sich heftig bemühte die Antwort auf eine Frage zu finden.

»Vielleicht ist der Mann, dessen Bild ich gestern Abend sah, doch nicht der gleiche Mann, den Bob vor der Bank getroffen hat«, sagte Peter. »Vielleicht ist das ein anderer Blinder.«

»Das wäre ein zu merkwürdiger Zufall«, sagte Justus

schnell. »Da ist ja noch die Narbe, und Tatsache ist, dass Mr. Hitfield seine Brieftasche bei Denicolas Pier verloren haben muss und dass Ernie den Blinden an der Beschreibung wiedererkannte, als Mrs. Denicola ihren Traum erzählte. Es muss ein und derselbe Mann sein. Aber was hat er nur mit dieser Sekte *Mesa d'Oro* zu tun? Und hat er denn mit einem Bankraub in Santa Monica zu tun?«

»Vielleicht ist Ernie ein ausländischer Geheimagent und der Blinde ist sein V-Mann«, sagte Peter. »Wenn Ernie wirklich ein Spion ist, dann würde er natürlich verhindern wollen, dass die Polizei Wind bekommt, also würde er sich als jemand ganz Harmloses ausgeben – zum Beispiel als Folk-Sänger.«

»Du siehst zu viel fern«, sagte Bob. »So würde in Wirklichkeit kein Mensch reagieren.«

»Ich finde, in der Wirklichkeit reagieren die Leute noch viel unglaublicher«, sagte Justus. »Aber wir wissen noch nicht genug über Ernie – und die anderen, um in diesem Fall durchzublicken. Zum Glück hat uns Peters Abenteuer von gestern auf ein paar neue Fährten angesetzt. *Mesa d'Oro* zum Beispiel. Wir müssen hier weiterbohren, bis wir etwas finden, das Mr. Bonestell entlastet.«

Bob sagte: »Ich muss um zehn zur Arbeit in der Bibliothek sein. Ich werde mich dort genauer über *Mesa d'Oro* informieren und zusehen, was ich alles herausfinden kann.«

»Justus!« Der Ruf kam von Tante Mathilda, irgendwo auf dem Schrottplatz. »Justus Jonas, wo steckst du?«

Peter grinste. »Hört sich so an, als sei es deiner Tante diesmal wirklich ernst«, meinte er. »Sie braucht dich – dringend.«

Bob öffnete eine Luke im Fußboden des Wagens und

gleich darauf hatten sich die Jungen hinabgelassen. Unter dem alten Campinganhänger endete eine weite Wellblechröhre, deren Inneres mit Teppichresten ausgepolstert war. Das war aber nur einer von mehreren versteckten Geheimgängen, die sich die Jungen zugelegt hatten, damit sie zur Zentrale und wieder weg konnten, ohne dass es Tante Mathilda oder Onkel Titus auffiel.

In wenigen Sekunden schafften es die drei ???, Tunnel II zu durchkriechen, ein Eisengitter zur Seite zu schieben, das den Zugang von der Röhre in Justs Werkstatt abdeckte, und ins Freie zu treten.

»Justus Jonas!« Nun war Tante Mathilda bedrohlich nahe. Hastig zerrte Justus das Gitter wieder vor die Öffnung der Röhre.

»Da bist du ja endlich!«, sagte Tante Mathilda. Sie war im Eingang zur Werkstatt aufgetaucht. »Warum gibst du keine Antwort, wenn ich dich rufe? Patrick braucht dich. Er muss eine Lieferung ausfahren. Peter, du kommst auch mit, wo du schon hier bist. Es sind ein paar Möbel – ihr kennt doch die Tische und Bänke, die Onkel Titus blau und rot und grün und gelb angestrichen hat? Was diesen Mann manchmal überkommt, ist mir schleierhaft. Aber gestern war eine Frau da und kaufte den ganzen Plunder. Sie will in Santa Monica einen Kindergarten aufmachen, in der Dalton Avenue. Ein Glück, dass es noch Kindergärten gibt, sonst wären wir auf diesen Möbeln ewig sitzen geblieben. Bob, wo willst du hin?«

»Muss zur Arbeit«, erklärte Bob rasch. »In zehn Minuten muss ich in der Bibliothek sein.«

»Ja, dann trödel nicht länger herum«, ermahnte ihn Tante Mathilda. Sie sauste weiter, und Justus und Peter machten sich auf die Suche nach Patrick, einem der beiden irischen Brüder, die auf dem Schrottplatz arbeiteten. Bald hatten sie es gemeinsam geschafft, die Kindermöbel auf einen Lastwagen zu laden, und dann ging es auf die Fahrt nach Süden. Patrick saß am Lenkrad.

Der Kindergarten befand sich in einer Nebenstraße unweit der Küste. Als Patrick am Haus vorfuhr, sahen die Jungen, dass gleich daneben das Senioren-Clubheim lag. Das war ein eingeschossiges Ziegelgebäude, von Rasenflächen umgeben. Vier ältere Männer spielten vor dem Haus Boccia. Einer von ihnen stand auf seinen Stock gestützt und schaute den anderen Spielern zu. Er sah müde und mutlos aus, und Justus seufzte, als er den Mann erblickte.

Es war Walter Bonestell.

Peter zeigte hin. »Der sieht aber nicht so aus, als habe er einen guten Schlaf, oder?«

Justus schüttelte den Kopf.

»Bilde ich mir das nur ein«, meinte Peter, »oder lassen ihn die anderen Herrschaften links liegen?«

»Schon möglich«, sagte Justus. »Das ist das Heikle, wenn man unter Verdacht steht. Die Leute wissen dann gar nicht mehr, wie sie mit so einem umgehen sollen.«

»Kennt ihr diesen Mann?«, fragte Patrick neugierig.

»Er ist ein Klient von uns«, sagte Justus. »Ich müsste jetzt hingehen und ihn ansprechen, aber leider habe ich gar nichts Neues für ihn. Wir versuchen nämlich ihm zu helfen.«

»Dann geht alles gut«, stellte Patrick zuversichtlich fest.

Patrick stieg aus dem Wagen und ging zur Pforte des Kindergartens. Während er wartete, bis man ihm auf sein Klingeln öffnete, blickte Peter die Straße entlang, am Seniorenclub vorbei, und plötzlich hielt er hörbar die Luft an.

»Was gibt's denn?«, fragte Justus.

»Das Mädchen da!« Peter zeigte hin und duckte sich dann im Führerhaus, damit er von draußen nicht zu sehen war.

Justus sah eine bemerkenswert hübsche junge Frau auf dem Gehweg herankommen. Ihr langes blondes Haar flog mit jedem Schritt. Sie trug eine lange Hose und einen superweiten Pullover und ein Bernhardiner trottete mit offenem Mund und heraushängender Zunge neben ihr her.

»Wer ist das?«, fragte Justus. »Kennst du sie?«

»Das blonde Mädchen bei der Versammlung«, sagte Peter. »Die aufstand und auch eine Rede hielt. Und der sie dann alle zujubelten.«

»Hm!« Justus richtete sich auf seinem Sitz auf und prägte sich das Äußere und die Gangart der jungen Frau ein. »Die ist ja sehr … sehr liebenswürdig«, sagte er. »Gerade fällt sie nämlich Mr. Bonestell um den Hals.«

»Was?« Peter schnellte hoch und schaute hin.

Das blonde Mädchen ließ die Hundeleine los. Sie stand da, den Arm um Mr. Bonestells Schulter gelegt, und lächelte ihn lieb an. Dann küsste sie Mr. Bonestell auf die Wange.

Mr. Bonestell wurde rot und sah ganz beglückt aus.

»Da haben wir's!«, rief Peter. »Da ist das Bindeglied zwischen Mr. Bonestell und dem Bankraub und den Leuten bei Denicolas Pier und der Brieftasche und dem Blinden!«

»Dieses Mädchen soll das Bindeglied zwischen all diesen Leuten und Vorfällen sein?«, fragte Justus.

»Klar«, behauptete Peter. »Ist doch ganz einfach. Das Mädchen gehört nämlich zu der Bande, und sie macht sich an Mr. Bonestell heran und horcht ihn über die Bank aus – den Tagesablauf dort und die Putzkolonne und all das. Der Blinde ist der Bandenchef, und er tritt als Späher auf, ehe die anderen in die Bank eindringen. Das Mädchen könnte doch wirklich zu den Tätern gehören, nicht? Vielleicht war sie maskiert, als sie in die Bank kam, damit Mr. Bonestell sie nicht erkennen sollte. Oder sie arbeitet vielleicht einfach als Informator.«

»Du meinst Informant«, sagte Justus geistesabwesend. Er ging gerade emsig Peters Theorie im Kopf durch. »Möglich wäre das schon«, meinte er dann. »Aber was ist dann mit all den anderen Leuten, die gestern Abend zu der Versammlung kamen?«

»Ja, die ... die ...« Ratlos hielt Peter inne. »Die sind dann wohl die Dummen?«, mutmaßte er. »Die Verbrecher nützen ihren Glauben aus für ... für ...« Da musste Peter passen. »Und diese Verbrecher führten gestern Abend eine Spendensammlung durch, weil Leute, die soeben eine Bank um eine Viertelmillion erleichtert haben, bekanntlich in Geldverlegenheit sind«, ergänzte Justus.

»Schön, ich merke selber, dass es idiotisch ist«, sagte Peter.

»Überhaupt nicht idiotisch«, sagte Justus. »Es ist immerhin ein weiterer bemerkenswerter Zufall, dass das Mädchen, das bei der Vorstellung gestern Abend eine solche Hauptrolle spielte, Walter Bonestell doch recht gut zu kennen scheint. Wenn wir ihn wieder allein treffen, müssen wir ihn fragen, was er ihr alles über die Bank erzählt hat.«

Das blonde Mädchen lachte jetzt. Ihr Hund hatte sich mit der Leine in einem Hibiskusstrauch verheddert und sie ging hin, um ihn zu befreien.

»Du bleibst hier und hilfst Patrick«, sagte Justus leise.

»Ich gehe dem Mädchen nach und stelle fest, wo sie wohnt und mit wem sie Umgang hat. Psst, runter! Da kommt sie!«

Peter duckte sich hinter das Armaturenbrett, damit ihn das Mädchen nicht sehen konnte. »Komm schon, alter Freund!«, hörte Peter sie zu dem Hund sagen, und dann ging sie an dem Lastwagen vorüber, wobei ihre Absätze auf dem Gehweg klickten.

Justus wartete noch kurz, dann schlüpfte er aus dem Wagen und machte sich an die Verfolgung.

Die Maskenbildnerin

Justus hielt sich ein paar Häuser hinter dem blonden Mädchen, aber als sie am Ende der Straße anlangte und rechts abbog, beschleunigte er seinen Schritt etwas. Er erreichte die Ecke gerade rechtzeitig, um sie im Hof eines älteren Mietshauses verschwinden zu sehen.

Langsam ging Justus auf der Straße weiter. Das Gebäude, in das die junge Frau gegangen war, war in Atriumform um ein Schwimmbecken gebaut. Ein weiß gestrichener Eisenzaun schirmte die freie Seite des Beckens von der Straße ab. Justus sah das Mädchen nicht, aber eine Wohnungstür im Erdgeschoss stand offen. Als Justus vor dem Zaun den Schritt verhielt, kam der Bernhardiner aus der Tür gesprungen.

»Brandy, du kommst sofort wieder herein!«

Das Mädchen hastete ins Freie, und der Hund entwischte zur gegenüberliegenden Seite des Schwimmbeckens, wo er sich in ein Blumenbeet setzte.

»Dummes Vieh!«, rief sie. »Soll man uns hier rauswerfen?«

Justus öffnete lautlos die Pforte im Zaun und trat in den Hof. Da blieb er stehen und schaute sich nachdenklich die Reihe der Briefkästen am Eingang an.

»Suchst du hier jemand?«, erkundigte sich das Mädchen.

»N-nein, eigentlich nicht«, sagte Justus. »Ich wollte nur fragen…« Er machte eine Pause, als scheue er sich, die Frage zu stellen.

»Na, was denn?«, sagte das Mädchen.

»Ich wollte Sie fragen, ob… ob Sie nicht die *Abendpost* abonnieren möchten?«

»Bedaure, nein«, sagte das Mädchen. »Ich habe nicht die Zeit, um jeden Tag Zeitung zu lesen. Danke für die Nachfrage.«

Justus zog einen kleinen Notizblock und einen Bleistiftstummel aus der Tasche. »Und wie wäre es mit der Sonntagsausgabe?«, fragte er.

»Da muss ich dich auch enttäuschen, vielen Dank«, sagte das Mädchen.

»Oh.« Nun sah Justus ganz geknickt aus. »Kaum ein Mensch will noch eine Zeitung abonnieren«, sagte er.

»Tja, die Zeiten sind schwer.« Das Mädchen lächelte ihm zu. Der Hund, der sich vernachlässigt fühlte, kam aus dem Blumenbeet und setzte sich ihr vor die Füße. Sie tätschelte ihm den Kopf. »Ist das ein Nebenerwerb für dich?«, fragte sie Justus. »Oder gibt es für hundert angeworbene Abonnenten ein Fahrrad mit Zehngangschaltung zu gewinnen?«

»Keins von beidem«, sagte Justus. »Ich möchte Zeitungen austragen, damit ich mir eine Kleinigkeit verdienen kann, und da bin ich auf der Suche nach einem Bezirk. Meinen Sie, hier gibt es sonst jemand, der gern eine Zeitung lesen würde?«

»Zur Zeit ist gar keiner zu Hause«, sagte das Mädchen. »Jedenfalls heute nicht, am Donnerstag. Die sind alle bei der Arbeit.«

»Aha.« Justus zog die Mundwinkel herab und setzte sich lässig auf die Kante eines der Sessel, die um das Becken aufgestellt waren. »Zeitungen austragen ist leicht«, sagte er betrübt. »Aber Abonnenten werben wird einem sauer gemacht. Würden Sie ... also könnten Sie ...«

»Was soll ich nun?«, sagte das Mädchen. »Was ist denn los? Fühlst du dich nicht wohl?«

»O doch. Ich bin nur sehr durstig. Könnte ich wohl von Ihnen ein Glas Wasser bekommen?«

Da lachte sie. »Kein Problem. Bleib nur sitzen. Ich bin gleich wieder da.«

Sie verschwand in der offen stehenden Wohnungstür und der große Hund folgte ihr. Gleich darauf war sie mit einem hohen Becherglas voll Wasser wieder da. Als sie ins Freie trat, schloss sie die Tür und sperrte so den Hund ein.

»Das müsste ich immer machen, ihn einfach links liegen lassen«, sagte sie. »Nur wenn ich ihm Manieren beibringen will, wird er immer widerspenstig.«

Justus bedankte sich und trank das Wasser in kleinen Schlucken. Das Mädchen setzte sich auf einen Sessel neben ihn und lehnte sich zurück, um sich das Gesicht von der Sonne bescheinen zu lassen.

»Du solltest es mit dem Werben abends versuchen, wenn die Leute zu Hause sind«, sagte sie.

»Kommt mir auch so vor«, sagte Justus. Er sah das

Mädchen träge an, als sei er nicht gerade ein Kirchenlicht. »Aber ich hatte mir gedacht, ein paar Mieter seien sicher da. Sie zum Beispiel. Sie sind ja zu Hause.«

»Nicht oft«, sagte das Mädchen.

»Oh«, sagte Justus. »Sie arbeiten also auch?«

»Na klar. Nur zur Zeit nicht.«

»Ach?« Voll Anteilnahme fragte Justus: »Sind Sie arbeitslos?«

»Nein, das nicht. Ich arbeite beim Film und da ist die Beschäftigung sehr unregelmäßig. Ich bin Maskenbildnerin, und wenn ein Film gedreht wird, habe ich Arbeit. Sonst habe ich frei.«

Justus nickte. »Ich habe einen Freund, dessen Vater auch beim Film arbeitet. Er ist Trickexperte.«

»Wie heißt er denn?«, fragte das Mädchen. »Vielleicht kenne ich ihn.«

»Shaw«, sagte Justus.

Sie schüttelte den Kopf. »Sagt mir nichts. Da waren wir wohl noch nicht beim gleichen Team. Diese Trickleute sind wirklich fabelhaft. Manchmal finde ich, ich sollte das Schminken aufgeben und versuchen bei den Tricks unterzukommen. Andererseits macht mir die Maskenbildnerei Spaß und dabei bleibt mir auch Zeit für meine Kurse.«

»Sie gehen zur Schule?«, fragte Justus.

»Nicht direkt. Ich nehme Unterricht – Schauspielunterricht – bei Vladimir Dubronski. Für den Fall, dass ich mal … na ja … die Chance habe, selbst eine Rolle zu übernehmen.«

Justus nickte. Er versuchte müde auszusehen, aber sein Denkapparat lief auf Hochtouren. »Ja, jeder möchte gern als Darsteller mitmachen«, sagte er. »Aber Maskenbildnerei kann auch was Tolles sein. Vorige Woche habe ich einen Film gesehen, über so einen Kerl, der aus einem Tempel eine Götzenstatue stiehlt und über den ein Fluch verhängt wird.«

»Oh«, sagte das Mädchen. »Einen von der Sorte. Wurde wohl bei Vollmond in einen Kohlkopf verwandelt oder was dergleichen.«

Justus lachte. »Er wurde zu einer Schlange, nur dass er weiterhin aussah wie ein Mensch.«

»Ach ja«, sagte das Mädchen. »Das war dann *Die Invasion der Kobra-Männer*, nicht? Diesen Film haben sie auf die billige Tour heruntergekurbelt, aber so schlecht war er gar nicht einmal. Ich kenne den Mann, der die Maske für den Schlangenmann gemacht hat. Arnold Heckaby. Das ist ein echter Könner. Irgendwann mal bringt ihm das garantiert einen Oscar ein.«

»Haben Sie jemals so eine besonders originelle Maske gemacht?«, erkundigte sich Justus. »Zum Beispiel, um jemanden wie eine Fledermaus oder wie einen Werwolf aussehen zu lassen?«

»Ich musste schon ein paar Leute älter machen, als sie wirklich waren«, sagte das Mädchen. »Dazu braucht man mehr Zeit als für ein normales Make-up, aber schwierig ist es im Grunde nicht. Ein Monster oder einen Werwolf habe ich noch nicht gemacht.«

»Ist es schwierig, Monster zu machen?«, fragte Justus. »Und wie ist das mit Narben? Kennen Sie die Geschichte von dem Wachsfigurenkabinett und dem Bösewicht, der über und über mit Narben bedeckt war?«

Das Mädchen zuckte die Achseln. »Man braucht eben Zeit«, sagte sie. »Wenn man Zeit genug hat, lässt sich fast alles machen. Nur alte Leute kann man natürlich nicht wieder jung machen. Einen jungen Menschen kann man künstlich altern lassen, aber wenn ein Darsteller einmal wirklich alt wird, dann ist da nichts mehr zu ändern. Man kann ein wenig nachhelfen, und natürlich lassen sich viele die Gesichtshaut straffen und die Lider korrigieren, und sie färben sich die Haare, und der Kameramann filmt sie mit dem Weichzeichner, aber irgendwann sind sie einfach dann zu alt, um noch länger romantische junge Helden zu spielen.«

Justus hatte sein Glas fast ausgetrunken. Er hatte um Wasser gebeten, damit er einen Vorwand hatte, um sitzen zu bleiben und zu plaudern, und nun fand er, er habe genug erfahren. Er leerte das Glas vollends in einem Zug und stellte es auf den kleinen Tisch bei seinem Sessel.

»Also vielen Dank«, sagte er. »Das hat gut getan.«

»Schön«, sagte sie. »Möchtest du noch mehr?«

»Nein, danke. Ich werde Mr. Shaw berichten, dass ich Sie kennen gelernt habe. Vielleicht begegnen Sie ihm irgendwann bei Dreharbeiten.«

»Der Vater deines Freundes?«, sagte sie. »Der mit den Tricks? Das wäre aber nett von dir.«

»Welchen Namen soll ich ihm denn nennen?«, fragte Justus.

»Graciela Montoya«, sagte das Mädchen. »Aber alle nennen mich nur Gracie.«

»Aha.« Justus stand auf. »Noch mal vielen Dank für das Wasser.«

Er ging zur Pforte hinaus und zum Kindergarten zurück, hochbefriedigt über den Ertrag seiner Einfaltspinsel-Schau, die er da abgezogen hatte. Als er jedoch um die Ecke zur Dalton Avenue bog, blieb er stehen und stöhnte abgrundtief. Patrick und Peter waren mit dem Lastwagen schon weg. Nun musste er zusehen, wie er wieder nach Rocky Beach kam.

»Verflixt!«, sagte er laut. Dann machte er sich in Richtung Wilshire Boulevard auf, wo er den Bus nehmen konnte. Beim Gehen surrte in seinem Kopf schon wieder eine neue Eingebung.

Maskenbildnerin ist ja nicht gerade ein alltäglicher Beruf...
Könnte das im Zusammenhang mit dem derzeitigen Fall der drei ??? von besonderem Interesse sein?

Die Terroristen

Justus saß in der Zentrale an seinem Schreibtisch und sah seine beiden Freunde an. Es war nach dem Mittagessen und er hatte gerade von seiner Unterhaltung mit Graciela Montoya berichtet.

»Es ist gar nicht ausgeschlossen«, sagte Justus, »dass der blinde Bettler eine Frau ist.«

Bob überlegte sich das einen Augenblick, dann schüttelte er den Kopf. »Nein, das glaube ich nicht.«

»Aber denkbar wäre es doch?«, meinte Justus. »Sie ist Maskenbildnerin und sie scheint mit Mr. Bonestell ganz gut befreundet zu sein. Peter, vielleicht hast du Recht. Vielleicht ist Gracie Montoya das Bindeglied zwischen dem Bettler und den Bankräubern und der Clique bei Denicola.«

»Der Bettler ist sie jedenfalls nicht«, verteidigte Bob seinen Standpunkt. »Der Blinde hatte einen Stoppelbart. Ich stand ja an der Bushaltestelle dicht hinter ihm und konnte sein Gesicht genau sehen. Er hatte sich seit Tagen nicht rasiert. Damit würde sich doch eine Maskenbildnerin nicht abgeben.«

»Hm!«, sagte Justus. Man merkte ihm die Enttäuschung an. »Immerhin hätte das Mädchen Mr. Bonestell aushorchen und das an die Diebe weitergeben können – und dann war der Blinde vielleicht einer von ihnen. Die Narbe –«

»Die Narbe ist nicht echt«, sagte Bob.

»Ach!« Justus grinste. »Da bist du wohl in der Bibliothek fündig geworden?«

»Und ob«, sagte Bob. Er hatte einen großen braunen Briefumschlag auf den Knien gehalten. Jetzt zog er ein paar Zeitschriften heraus.

»*Mesa d'Oro* ist, wie wir bereits wissen, eine Sekte, die in Venezuela sehr verbreitet ist«, sagte er. »Mehrere hunderttausend Gläubige gehören dieser Gemeinschaft an, über die im Ausland dennoch wenig bekannt ist.«

Bob öffnete eine Zeitschrift an einer Stelle, wo er einen Zettel eingelegt hatte. »Hier ist ein Bericht über alles Wesentliche. Das Heft kam vor drei Jahren heraus«, erklärte er.

»*Mesa d'Oro* wurde um das Jahr 1860 von einem gewissen Arturo Rodriguez gegründet, einem abtrünnigen Priester spanischer Abstammung, der sich mit der katholischen Kirche überworfen hatte. Er versprach all seinen Anhängern nicht nur das ewige Heil, sondern auch das gelobte Land auf Erden – immer sollten sie sich zu Tisch setzen können und keinen Hunger mehr leiden. *Mesa d'Oro,* Rodriguez' Sekte mit dem schönen Namen, hatte daher besonders bei der armen Landbevölkerung starken Zulauf.«

»Na ja, ganz interessant«, sagte Peter. »Und was hat das nun mit blinden Männern und Bankräubern zu tun?«

»Vielleicht auch gar nichts«, meinte Bob. »Es liegt ja auch lange zurück. Aber 1872 kam es zu Unruhen unter Rodriguez' Anhängern, weil das Sektenoberhaupt jene hoch gegriffenen Versprechungen, soweit sie das irdische Leben betrafen, natürlich nicht einlösen konnte. Der ›goldene Tisch‹ war eben bei weitem nicht immer gedeckt.«

Peter und Justus richteten sich gespannt auf.

»Hundert Jahre sind doch eine lange Zeit«, sagte Peter. »Haben die Leute nicht inzwischen begriffen, dass sie damals einem Phantasten aufgesessen waren?«

»Die Gemeinschaft *Mesa d'Oro* drohte tatsächlich auseinander zu brechen«, sagte Bob. »Die gläubigen Mestizen und Indios sahen wohl ihren Führer Rodriguez am ›goldenen Tisch‹ sitzen, litten aber selbst nach wie vor Mangel. Die ursprüngliche Ausstrahlung des Sektengründers verlor unter diesen Umständen viel von ihrer Wirkung, und seine Versuche, die Enttäuschung seiner Gemeinde nun durch religiösen Fanatismus und absoluten Herrschaftsanspruch zu verdrängen, misslangen immer wieder. Schließlich rief ein Indio namens Juan Corso innerhalb der Glaubensgemeinschaft *Mesa d'Oro* eine Widerstandsbewegung gegen Rodriguez ins Leben. Er versuchte die Menschen durch vernünftiges Argumentieren zu der Überzeugung zu bringen, dass die allzu wörtliche Auslegung des Versprechens vom ›goldenen Tisch‹ eine Utopie sei, die sich nicht verwirklichen lasse. Corsos Ideen zielten eher auf eine möglichst gerechte Aufteilung des Gemeinschaftsvermögens innerhalb *Mesa d'Oro* ab.

Die Wohlhabenden unter den Mitgliedern sollten auf ihre Privilegien verzichten, ihre irdischen Güter freiwillig der Gemeinschaft übereignen und die Bedürftigen tatkräftig unterstützen. Für alle Glaubensbrüder sollte damit zwar nicht das Paradies auf Erden geschaffen werden, wohl aber sollten sie unter dem Wahrzeichen *Mesa d'Oro* ein menschenwürdiges Leben führen können. Rodriguez und eine kleine Gruppe Getreuer – alles wohlhabende Grundbesitzer – widersetzten sich den Plänen des Juan Corso mit allen Mitteln, denn sie hatten keineswegs vor, sich von ihrem persönlichen Reichtum zu Gunsten armer Bauern und Handwerker zu trennen. Sie machten sogar gemeinsame Sache mit Kriminellen, um ihren Besitz zu verteidigen und sich weiter zu bereichern, und der mittlerweile eher erzwungenen Opferwilligkeit der Gläubigen wurde im persönlichen Interesse der Führungsclique oft mit drastischen Mitteln nachgeholfen. Man versuchte Corso mundtot zu machen und verbannte ihn sogar unter Bewachung in eine abgelegene ländliche Gegend.«

»Du hast von Unruhen gesprochen«, hakte Justus ein.

»Ja, mit den Gewaltmaßnahmen gegen Corso fing das an«, erklärte Bob weiter. »Corso war bei der Landbevölkerung sehr beliebt. Seine Freunde schlossen sich zusammen und zogen protestierend vor Rodriguez' prächtige Residenz. Corso wurde aus der Verbannung befreit, und es kam zu einem Aufstand, wobei Rodriguez ermordet wurde. Sein Sohn, Anastasio Rodriguez, übernahm nun die Führungsrolle. Die nächsten Monate waren von blutigen Kämpfen zwischen Rodriguez' Anhängern und der großen Gruppe um Juan Corso geprägt. Schließlich errang diese Mehrheit den Sieg und Corso wurde zum neuen Oberhaupt von *Mesa d'Oro* ausgerufen. Anastasio Rodriguez flüchtete nach Mexiko. Damit hätten nun wieder Ruhe und Frieden einkehren können«, fuhr Bob fort, »aber der gewissermaßen entthronte Sohn des Sektengründers strebte eine Rückkehr in seine Machtstellung an. Seine Sympathisanten in Venezuela versuchten weiterhin, gegen die neue Herrschaft und Corsos Ziele – Umverteilung der Güter zugunsten der Masse der ländlichen Sektenangehörigen – anzugehen. Die wohlhabenden Grundbesitzer waren nach wie vor nicht bereit, ihre materiellen Privilegien der guten Sache zu opfern, und gründeten die Organisation ›Rückkehr für Rodriguez‹. Die Kontakte zu kriminellen Helfershelfern unterhielten sie wie eh und je und Rodriguez steuerte diese Aktivitäten vom Exil aus.«

Justus zog die Brauen zusammen. »Aber das liegt ja alles schon so lange zurück«, stellte er fest. »Wo könnte hier eine Verbindung zu unserem derzeitigen Fall liegen? Erzähl mir bloß nicht, dass die reichen Sektenherren von *Mesa d'Oro* heute noch die Rückkehr dieses Rodriguez-Sohnes betreiben. Der ist doch inzwischen längst tot!«

»Natürlich ist Anastasio Rodriguez nicht mehr am Leben«, sagte Bob, »aber sein Urenkel, Felipe Rodriguez, lebt noch in Mexico City. Dieser Felipe wartet auf eine Gelegenheit zur Einreise nach Venezuela und zur Machtübernahme in der Gemeinschaft *Mesa d'Oro*. Gefolgsleute berichten ihm über die Vorgänge dort – und dabei hat er noch nie einen Fuß in das Land seiner Vorväter gesetzt!«

»Nun mach aber mal einen Punkt!«, rief Peter.

»Ich weiß, es hört sich fast unglaublich an«, sagte Bob, »und doch ist es so. Die Zeitschrift hier berichtet, diese internen Konflikte bei den Gläubigen von *Mesa d'Oro* seien nicht mit Vernunftargumenten aus der Welt zu schaffen.

Auf wessen Seite ein Sektenangehöriger steht, hängt ganz von seiner Herkunft ab. Die Nachkommen der wohlhabenden spanischen Landbesitzer ergreifen nach wie vor Partei für den Rodriguez-Abkömmling, und ihre Devise ist noch heute ›Rückkehr für Rodriguez‹, zumal die Anhänger der gemäßigten Vorstellungen des Juan Corso innerhalb der Gemeinschaft zur Zeit stärker vertreten sind als je zuvor und die Befürworter der gewissermaßen sozialistischen Ideen weiter an Boden gewinnen. Nun wären die Vorgänge, die sich dort in einer geschlossenen Gemeinschaft abspielen, für uns als Beobachter aus dem Ausland nur eine recht exotische Randerscheinung am Weltgeschehen, gäbe es nicht einen kleinen Geheimbund von Reaktionären und Extremisten, die mit Gewalt einen Umsturz in der Sektenleitung herbeiführen wollen. Diese Leute sind teils Angehörige von *Mesa d'Oro,* teils Terroristen und Kriminelle, die sich vom Fanatismus und von den umstürzlerischen Ideen in der Gemeinschaft angezogen fühlen. Sie nennen sich *Brigade Prota d'Oro* – goldene Pforte für die Privilegierten –, und bei ihnen handelt es sich um Radikale, die nicht davor zurückscheuen, Menschen zu entführen und Bomben zu legen. Wenn ihnen der Boden zu heiß wird, setzen sie sich ins Ausland ab. Und manche landen hier in den Vereinigten Staaten!«

Peter schluckte. »Willst du damit sagen, dass dieser Kreis von Leuten, in den ich gestern Abend geriet, eine illegale Vereinigung von Terroristen und Sympathisanten ist?«

»Vielleicht«, sagte Bob. »Vielleicht auch nicht. Es gibt nicht wenige venezolanische Einwanderer hier, die ihrer Glaubensgemeinschaft *Mesa d'Oro* treu geblieben sind. Manche von ihnen zählen sich zur ›Partei‹ der Rodriguez-

Anhänger, die ihre Ziele konsequent verfolgen, sie aber nicht mit ungesetzlichen Mitteln erzwingen wollen. Sie sammeln allerdings eifrig Spenden, um Rodriguez in Mexiko City zu unterstützen und sich in den Augen der Öffentlichkeit ebenfalls das Mäntelchen der Nothilfe für Bedürftige umhängen zu können – Letzteres freilich eher als Alibi, denn gerecht teilen, so wie es Juan Corso einst forderte, wollen die Reichen weniger denn je. Immerhin tun diese Leute nichts Illegales. Aber manche *Mesa d'Oro*-Leute beteiligen sich hier auf amerikanischem Boden an den Aktionen der *Brigade Porta d'Oro.*«

»Na siehst du!«, trumpfte Peter auf, dem die erlebte Atmosphäre um die versammelten Hymnensänger und Volksredner nach wie vor nicht geheuer war.

»Wie gesagt, wir wissen noch nicht genug. Das wäre erst mal die Vorgeschichte«, sagte Bob. »Was uns zwangsläufig interessieren muss: Ich sah einen Blinden vor der Bank, und er lief weg, als von der Polizei die Rede war. Dann bekam es dieser Ernie mit der Angst, als die alte Mrs. Denicola von einem Traum über den Blinden und die Brieftasche erzählte. Und gestern Abend sah dann Peter eine Großaufnahme eines Mannes mit Narbengesicht und dunkler Brille. Für die Teilnehmer an dieser sonderbaren Versammlung war dieser Mann unbestreitbar ein Held.«

Bob blätterte in einer der Zeitschriften, die er aus der Bibliothek mitgebracht hatte, ein paar Seiten zurück. Dann hielt er die Zeitschrift hoch und Justus und Peter blickten erstaunt auf das Bild eines Mannes mit dunkler Brille und einer Narbe im Gesicht. Der Mann stand mit erhobenen Armen vor einem Mikrofon. Man hatte den Eindruck, als rufe er beschwörende Worte aus.

»Peter, war das die Aufnahme, die du gesehen hast?«, fragte Bob.

»Es ist... es ist nicht genau das gleiche Bild«, sagte Peter. »Aber es ist derselbe Mann. Ja. Da bin ich ganz sicher!«

»Und es ist auch der Mann, den ich vor der Bank sah«, sagte Bob. »Und doch kann ich diesen Mann unmöglich gesehen haben. Das hier ist ein Bild von Luis Pascal Dominguez de Altranto. Er war vor Jahren der Vertraute jenes Felipe Rodriguez, der in Mexico City lebt. Altranto war ein Terrorist und hatte mehrere Menschenleben auf dem Gewissen. Er ging niemals davon ab, dass er das Recht auf seiner Seite habe und dass Rodriguez bitteres Unrecht geschehen sei.«

»Ein Fanatiker«, sagte Justus. »Ein gefährlicher Fanatiker. Aber wieso kann das nicht derselbe Mann sein, den du vor der Bank gesehen hast?«

»Weil Altranto nicht mehr lebt!«, sagte Bob. »Er ist schon einige Jahre tot.«

Alle drei schwiegen kurz. Dann seufzte Peter. »Aber wenn Altranto tot ist...« Er sprach den Satz nicht zu Ende.

»Der Bettler sah dem Toten zum Verwechseln ähnlich – sogar bis hin zur Narbe! Und seine Blindheit? War Altranto blind?«, fragte Justus.

»Ja. Er verlor sein Augenlicht bei einem Brand, den er selbst in einem Versammlungsraum der Corso-Anhänger gelegt hatte. Die Behinderung bewog ihn jedoch nicht zur Umkehr. Eher trug sie noch dazu bei, ihn zum Helden zu machen.«

»Also war der Bettler als Altranto maskiert«, sagte Justus.

»Dazu war nur Schminke und eine dunkle Brille nötig.

Ob wohl Gracie Montoyas Kunstfertigkeit hinter dieser Maske steckte? Aber … aber wieso war er überhaupt maskiert? Wozu sollte das gut sein? Es war ja niemand dabei –«

Justus hielt mitten im Satz inne. Auf dem Schreibtisch klingelte das Telefon. Er blickte starr hin, verärgert über die Störung. Dann nahm er den Hörer ab.

»Hallo«, meldete er sich. »Oh. Ja, richtig, Mr. Bonestell.«

Justus hörte eine Minute zu, dann sagte er: »Na, vielleicht hat das gar nichts zu bedeuten, aber es stört eben. Ich kann zu Ihnen kommen, wenn Sie es wünschen. Ich würde mich auch gern mit Ihnen unterhalten über … über einen neuen Gesichtspunkt, der sich in dem Fall ergeben hat.«

Justus hörte noch kurz zu, dann schloss er: »Ja. In etwa einer halben Stunde.«

Er legte auf.

»Man hat Mr. Bonestell noch einmal zu dem Bankraub verhört«, erklärte er. »Er ist ganz durcheinander. Ich bezweifle, dass die Polizei ihn ernstlich verdächtigt, wie er offenbar glaubt, aber ich fahre jetzt zu ihm und versuche ihn aufzumuntern. Ich werde ihn auch nach Gracie Montoya fragen. Wir müssen herausbekommen, wie gut er sie kennt.«

Justus schaute Bob und Peter voll Eifer an. »Im Übrigen müssen wir die Dame überwachen. Ich frage mich, ob sie mit der Clique bei Denicola näher bekannt ist – mit Ernie und seinen Freunden.«

»Sieh mich bloß nicht so an«, sagte Peter. »Meine Mutter wird Krach schlagen, wenn ich nicht heute Nachmittag den Rasen mähe. Das Gras ist bei uns nach dem vielen Regen letzte Woche bestimmt zehn Zentimeter gewachsen. Und außerdem würde mich das Mädchen vielleicht erkennen.«

»Bob?«, meinte Justus.

»Ich kann mich beim dem Haus aufstellen, wo sie wohnt«, sagte Bob. »Heute Nachmittag brauchen sie mich in der Bibliothek nicht.«

»Sei aber vorsichtig«, mahnte Peter. »Wenn es für diese Leute normal ist, Bomben zu legen und Menschen umzubringen ... dann lass dich besser nicht mit ihnen ein.«

Überfall

Als Justus eine halbe Stunde später an Mr. Bonestells Tür klopfte, ließ ihn Shelby Tuckerman ein. Er trug einen schwarzen Rollkragenpullover und seine eng anliegende Sonnenbrille.

»Na, prima!«, sagte Shelby. »Unser Superdetektiv! Vielleicht kannst du Walter wieder ein wenig aufrichten.«

Es gab Justus einen Stich, und er ärgerte sich, sagte aber nichts. Er folgte Shelby durch das blitzblanke, aufgeräumte Wohnzimmer zur Küche. Dort saß Walter Bonestell am Tisch beim Fenster und rührte in seiner Kaffeetasse. Justus setzte sich ihm gegenüber. Shelby bot Justus Kaffee an, doch Justus dankte höflich. »Ich trinke keinen Kaffee«, sagte er.

»Ach ja«, sagte Tuckerman. »Das hatte ich vergessen. Hier zu Lande ist das ja nichts für Kinder.«

Nicht gerade nett von Shelby, den Ersten Detektiv bei seiner Hilfsbereitschaft so von oben herab zu behandeln! Im Übrigen fragt man sich unwillkürlich, wo dieser Mr. Tuckerman eigentlich herstammt. »Hier zu Lande«, fing er soeben seinen Satz an. Erinnert ihr euch nicht auch an ein früheres Zusammentreffen, bei dem er eine ähnlich eingeleitete Äußerung machte?

»Wir haben noch Traubensaft«, sagte Mr. Bonestell.

»Ich möchte nichts, vielen Dank, Mr. Bonestell«, sagte Justus. »Ich habe erst zu Mittag gegessen.«

»Dann stimmt es wohl nicht, dass Kinder dauernd Hamburger und Pommes frites verschlingen und mit süßem Gesöff hinunterspülen?«, fragte Shelby. »Sag bloß nicht, dass du da eine Ausnahme bist. Du siehst gar nicht danach aus!«

Justus biss die Zähne aufeinander. Er war zu dick und das war sein wunder Punkt. Aber er wollte Shelby nicht merken lassen, dass es ihn wurmte.

»Na ja, da hältst du wohl Diät... zur Abwechslung«, meinte Shelby.

Justus beherrschte sich, und Shelby ging zum Herd, wo der Kessel gerade zu summen anfing. Er goss sich eine Tasse Pulverkaffee auf, dann setzte er sich zwischen Mr. Bonestell und Justus. Mitten auf dem Tisch stand eine Zuckerdose mit Deckel. Shelby griff nach der Dose und löffelte sich ein Stück Zucker in den Kaffee.

»Ich hoffe, du hast Fortschritte zu vermelden«, sagte er.

»Eigentlich nicht«, entgegnete Justus. »Wir haben eine

Spur, aber möglicherweise hält sie nicht, was sie verspricht.«

»Und wenn es die richtige ist?«

»Wer weiß? Vielleicht weihen wir doch die Polizei ein.«

»Das wäre natürlich das Richtige«, sagte Shelby. Er trank seinen Kaffee in einem Zug und stand auf, um die Tasse auszuspülen. Dann ging er hinaus und Justus hörte vor dem Haus einen Wagen anfahren. Shelby fuhr in einem neuen Sportwagen am Küchenfenster vorbei.

Und Mr. Bonestell saß da und brütete weiter.

»Als heute die Polizei bei Ihnen war, hat man Sie aber nicht beschuldigt, oder?«, erkundigte sich Justus.

Mr. Bonestell schüttelte den Kopf. »Nicht ausdrücklich. Aber sie ließen sich dreimal von mir berichten, was passiert war. Dreimal und immer wieder von vorn!«

Er schaute zu Justus auf. »Glaubst du, sie wollten es nur darauf anlegen, dass ich einen Fehler mache?«

»Wenn Sie alles erzählt haben, genau wie es passiert ist, wie sollten Sie dann einen Fehler machen?«, fragte Justus nüchtern. »Mr. Bonestell, meinen Sie nicht, dass Sie sich unnötig aufregen? Freilich war es Pech, dass Sie allein in der Bank waren, als die Diebe kamen, aber das ist ja wirklich ein unglücklicher Zufall. Ich bin sicher, dass die Polizei das einsieht. Man weiß, dass die Tat für diesen Zeitpunkt geplant war, egal wer sich gerade dort aufhielt. Immerhin wandten die Täter keine Gewalt an.«

»Nein, das nicht«, sagte Mr. Bonestell. »Sie waren wirklich ganz ruhig und höflich. Mindestens der eine, der den Sprecher machte, war höflich.«

Justus spitzte die Ohren. »Es sprach immer nur einer?«

»Ja. Der Mann, der sich so wie Rolf zurechtgemacht hatte, der immer zum Putzen kommt.«

»Meinen Sie nicht vielleicht, dass vorwiegend er redete?«, fragte Justus. »Er führte das große Wort und die anderen sagten nichts von Bedeutung. War es nicht so?«

Mr. Bonestell schüttelte den Kopf. »Nein. Es redete immer nur er. Die anderen machten nicht mal den Mund auf.«

»Sie haben eine ganze Nacht mit drei Menschen verbracht und zwei von ihnen redeten überhaupt nichts?«

»Ja, eben.«

»Nicht ein Wort?«

»Nicht ein Wort!«, sagte Mr. Bonestell. »Jetzt, wo ich daran denke, kommt es mir sonderbar vor, aber in dieser Nacht ist es mir nicht weiter aufgefallen. Was gab es auch zu reden? Es ging ja nur darum, die Zeit bis zum Morgen herumzubringen, wenn das Personal kommen würde.«

»Hm!«, sagte Justus. »Hätte einer der Täter auch eine Frau sein können? Ist das denkbar?«

»Eine Frau?« Mr. Bonestell sah ganz verdutzt aus. »Ich könnte mir das schon vorstellen. Sie waren alle etwa gleich groß – eins siebzig oder so. Sie trugen alle ausgebeulte Overalls und weite Hemden. Und Handschuhe. Ja, sie trugen Handschuhe. Und sie hatten sich so viel Zeug ins Gesicht geschmiert, dass man gar nicht sagen konnte, wie sie wirklich aussahen. Einer von denen, die nicht redeten, hatte so eine Sonnenbrille, die spiegelt, damit man die Augen des Trägers nicht sehen kann. Dann hatte er noch einen Bart, der wohl falsch war. Der andere hatte eine rote Perücke und einen Schnauzbart und angeklebte buschige Augenbrauen, die ihm über die Augen hingen.«

»Und der Mann der redete?«, fragte Justus. »Sprach der mit einem Akzent? War er jung? Oder alt? Was können Sie über ihn sagen?«

»Seine Stimme klang nicht wie die eines älteren Mannes. Ich glaube, er war jung. Mitte zwanzig, Anfang dreißig. Einen Akzent hatte er nicht.«

Justus sagte wieder »Hm!« und saß eine Weile nachdenklich da. Dann sagte er: »Mr. Bonestell, kennen Sie den Angelsportbetrieb Denicola? Sie haben am Strand hinter Malibu ein Charterboot für Sportfischer im Dock.«

»Ja, die Denicolas kenne ich«, sagte Mr. Bonestell. »Ich ging immer mit meinem Sohn zum Fischen hin, als er noch nicht verheiratet war. Ich erinnere mich an die alte Dame dort – die alte Mrs. Denicola. Sie war eine aparte Frau. Und ihre Schwiegertochter, Eileen. Sie ist Irin. Sehr hübsch. Eileens Mann ist jung gestorben und sie hat dann das Schifferpatent erworben. Hast du das gewusst? Sie sitzt selbst am Ruder, wenn das Boot ausfährt.«

»Da ist auch noch ein junger Mann namens Ernie, der bei den Denicolas arbeitet«, sagte Justus.

»Ach, wirklich? Als mein Sohn und ich fischen gingen, gab es einen Jungen, der hieß Tom oder Hal oder so ähnlich. Sie haben da wohl viel Wechsel. So einen Job macht meistens ein Schüler für einige Zeit.«

»Und in letzter Zeit kamen Sie nicht mehr zu den Denicolas?«, fragte Justus.

»Nein.«

»Ja, dann kennen Sie Ernie nicht. Und wie ist das mit dem Blinden?«

Mr. Bonestell begriff gar nichts. »Ein Blinder?«, sagte er. »Was denn für ein Blinder?«

»Sie haben nicht bei der Bank – oder anderswo – einen blinden Mann gesehen? Einen Mann mit einer Narbe im Gesicht? Er geht an einem Stock und trägt eine dunkle Brille.«

Mr. Bonestell schüttelte den Kopf.

»Da ist noch ein hübsches Mädchen, das heute früh mit Ihnen sprach, als Sie Boccia spielten«, sagte Justus. »Was ist mit ihr?«

»Gracie? Gracie Montoya? Was soll mit ihr sein? Und woher weißt du, dass ich heute früh mit ihr gesprochen habe?«

»Wir haben Sie zufällig gesehen«, sagte Justus, »und dabei sahen wir auch Miss Montoya.«

Mr. Bonestell schaute Justus herausfordernd an. »Na und?«, fragte er. Ein hübsches Mädchen kommt vorüber und ich unterhalte mich mit ihr. Ich bin ein alter Mann, aber doch noch nicht tot!«

»Das wollte ich damit nicht sagen, Mr. Bonestell, aber wir müssen das alles prüfen. Kennen Sie die junge Dame gut?«

»Ich habe mich schon oft mit ihr unterhalten«, sagte Bonestell. Seine Stimme war noch immer abwehrend. »Sie geht immer mit ihrem Hund in der Gegend spazieren. Ich glaube, sie arbeitet irgendwas beim Film. Sie ist ein nettes Mädchen – bleibt immer gern auf einen kleinen Schwatz stehen.«

»Weiß sie, dass Sie bei der Bank beschäftigt sind?«, fragte Justus.

»Kann ich nicht sagen. Möglich, dass ich es erwähnt habe. Aber sie hat nie ausdrücklich danach gefragt, wenn du darauf hinauswillst. Sie ist einfach nett und umgänglich.«

»Aha«, sagte Justus. »Und wie ist das mit Ihren anderen Freunden, Mr. Bonestell? Haben Sie denen von Ihrer Arbeit erzählt?«

»Ja, ich denke schon. Aber ich wüsste nicht, dass einer

von ihnen sich je besonders dafür interessiert hat, was ich mache.«

»Und Mr. Tuckerman?«, fragte Justus.

»Shelby? Der interessiert sich nur für sich selber«, sagte Mr. Bonestell. »Er hat meistens auswärts zu tun, und wenn er da ist, bleibt er ganz für sich. Er isst normalerweise im Restaurant, und wenn er hier im Haus ist, schließt er sich immer in seinem Zimmer ein. Ich mache bestimmt keine Witze – ich kann dir ja das Schloss zeigen.«

»Nicht nötig.« Justus stand auf. »Lassen Sie den Kopf nicht hängen, Mr. Bonestell. Die Polizei muss Sie zu der Sache weiterhin vernehmen. Andere Spuren hat man wohl noch nicht, und vielleicht hofft man, dass Ihnen noch etwas einfällt, das Ihnen bisher entgangen war.«

Walter Bonestell sagte nichts dazu. Ermuntert wirkte er durchaus nicht. Justus ging und er blieb am Tisch sitzen und starrte wieder vor sich hin.

Als Justus wieder auf dem Schrottplatz ankam, war es halb fünf. Statt den Haupteingang zu benutzen, stellte er sein Fahrrad außen vor dem Bretterzaun an einer Ecke des Geländes ab. Der Zaun war von Künstlern aus Rocky Beach farbenfroh bemalt worden. An dieser Ecke prangte ein Segelschiff, das gerade von gewaltigen, grünen Wogen verschlungen wurde. Im Vordergrund erhob sich ein Fisch aus dem Meer, um das Schiff zu betrachten. Als Justus mit dem Finger auf das gemalte Fischauge drückte, liessen sich zwei Zaunplanken zur Seite schwenken und bildeten so den Durchgang, den die Jungen das Grüne Tor nannten. Es war einer der Geheimzugänge, die ihnen das Ein- und Ausgehen gestatteten, ohne dass sie von Tante Mathilda oder Onkel Titus bemerkt wurden.

Justus öffnete die schmale Pforte und schob das Fahrrad zur Freiluftwerkstatt. Peters Rad war schon da, es lehnte an der Druckpresse. Justus lächelte und ließ die Zaunplanken wieder zuklappen.

Und da hörte er in einer Ecke der Werkstatt ein leises Geräusch – nur ein Rascheln von Stoff und einen Atemzug. Justus wandte den Kopf!

Da war der blinde Bettler! Er hatte Justus das Narbengesicht zugewandt und den Kopf leicht erhoben. Auf seinen Wangen war jetzt kein Stoppelbart und er hatte auch keinen Stock bei sich. Justus sah mit einem Schaudern, dass die Narbe einen seiner Mundwinkel zu einem hässlichen Feixen verzerrte. Einen Herzschlag lang hielt Justus ganz still. Der Bettler rührte sich nicht. Dann holte Justus Atem, und der Bettler trat vor, den Kopf noch immer in überraschter Haltung erhoben, den Mund hasserfüllt verzogen. Er hatte etwas in der Hand. Die Finger schlossen sich fest darum. Er wollte sich an Justus vorbeidrücken, und plötzlich wollte Justus wissen – musste er wissen –, was der Mann da in der Hand hatte. Er schleuderte sein Rad weg, sprang den Mann an und packte mit beiden Händen die geschlossene Faust.

Der Mann stieß einen Schrei aus und wich zurück, aber Justus hatte die Faust fest gepackt und versuchte die Finger zu öffnen. Der Zugriff ließ nach und es fiel etwas zu Boden.

Mit einem Ruck riss sich der Bettler los. Und dann kam sein Angriff! Er holte mit der Faust aus und der Schlag traf Justus direkt unter dem Auge. In seinem Kopf sprühten Funken und an seiner Wange zuckte ein irrsinniger Schmerz auf. Blaue und rote und grüne Lichtwellen wogten ihm vor den Augen und er sackte zusammen.

Ganz kurz verlor Justus das Bewusstsein. Dann war er

wieder bei sich und merkte, wie der Bettler über ihn hinwegschritt. Die Zaunplanken schwangen auf und klappten zu und Justus war allein.

Die Wanze

Justus saß auf der Erde und fühlte sich ein wenig schwindlig. Als er wieder klar sehen konnte, fiel sein Blick auf das Ding, das dem Bettler heruntergefallen war. Es war unter die Werkbank gekullert. Justus sah ein Plastikkästchen, das an einer Seite kleine Löcher hatte.

»Ist ja interessant!«, sagte er.

Er hatte laut gesprochen und wie als Antwort auf diese Feststellung schwang das Eisengitter neben der Druckpresse zur Seite. Peters Kopf erschien in der Öffnung zu Tunnel II. »Was ist denn los?«, fragte er. »Hast du eben geschrien?«

»Es war Besuch da«, sagte Justus. Er kniete sich hin und kroch vor zur Werkbank, um das Kästchen zu holen. Er schaute es sich aufmerksam an. »Wenn ich mich nicht irre, ist das ein Abhörgerät«, sagte er. »Ein winziges Mikrofon. Eine Wanze nennt man das auch, ich habe es schon auf Fotos gesehen. Der blinde Bettler war hier und er benahm sich keineswegs wie ein Blinder. Der wollte uns bestimmt hier in unserer Werkstatt anzapfen.«

»Der Bettler?« Peter nahm Justus das kleine Gerät aus der Hand und sah es sich an. »Wieso uns anzapfen? Und wie hat er uns überhaupt gefunden?« Peter schaute sich um, als könne der Mann mit dem Narbengesicht noch hinter ihm stehen. »Unheimliche Sache!«, sagte er.

Justus setzte sich auf den Stuhl bei der Werkbank. Er nahm das Abhörgerät wieder an sich und stemmte das Gehäuse mit seinem Taschenmesser auf. »Es ist tatsächlich ein Mini-Sender«, sagte er. »Er fängt Geräusche auf und sendet sie über eine kurze Entfernung – ein paar hundert Meter vielleicht. Normalerweise bildet so eine Wanze eine Einheit mit einem Bandgerät, das irgendwo in der Nähe versteckt ist und sich selbsttätig einschaltet, sobald gesprochen wird. Mit einer Wanze und einem Bandgerät könnte der Bettler alles abhören, was hier in der Werkstatt geredet wird.«

»Bist du sicher, dass die Wanze jetzt nicht funktioniert?«, meinte Peter. »Wenn sie nun jedes Wort sendet, das du sagst?«

Mit der Messerspitze entfernte Justus ein paar winzige Teile aus dem Gerät. Dann klappte er das Kästchen wieder zu. »So!«, sagte er.

Er saß fast eine Minute lang da und überlegte, dann schaute er zu Peter auf. »Wann bist du auf den Schrottplatz gekommen?«, fragte er.

»Na, vor vielleicht zwanzig Minuten.«

»Bist du durchs Grüne Tor hereingekommen?«

»Tja.«

Justs Blick verfinsterte sich. »Dann hat dich der Bettler bestimmt bis hierher verfolgt.«

»Unmöglich!«, rief Peter. »Ausgeschlossen!«

Justus überhörte Peters Einspruch und fuhr fort: »Vielleicht hat er dich bei dieser Versammlung gesehen und ist dir hinterher bis nach Rocky Beach gefolgt. Vielleicht hat er auch uns beide gestern bei Denicola gesehen oder uns alle drei am Abend zuvor bei Mr. Bonestell. Irgendwann in den letzten drei Tagen müssen sich unsere Wege gekreuzt haben und dann hat er uns hier aufgespürt. Und jetzt eben ist er dir bis hier herein nachgekommen. Ich möchte nur wissen, ob er es geschafft hat, irgendwo noch eine andere Wanze anzubringen, ehe ich hereinkam.«

Wieder blickte sich Peter um, als lauere der Blinde gleich neben ihm. Dann machten sich die beiden Jungen daran, die Werkstatt abzusuchen. Es fand sich jedoch keine Spur von einer zweiten Wanze und offenbar war alles an seinem Platz. Die Barrieren aus Schrott und Gerümpel, die Justs Werkstatt umgaben, waren unverändert.

Peter hatte merkliche Angst. »Ich bin jetzt von zu Hause gekommen«, sagte er. »Wenn er mir bis hierher nachgegangen ist, hat er… hat er dann etwa vor unserem Haus spioniert, was meinst du?«

»Nicht unbedingt«, sagte Justus. Vielleicht hat er hier beim Schrottplatz gewartet.«

Wo mag dieser Bursche auf der Lauer gelegen haben? Wir sollten nochmals die Reihe der in Frage kommenden Personen durchgehen und die Checkliste unserer Verdächtigen überprüfen. Könnte es nicht sein, dass es schon vorher einmal zu einem Zusammentreffen zwischen diesem »Blinden« mit dem »Narbengesicht« und einem, zwei oder allen drei ??? gekommen war? Aber wo sollen wir nur ansetzen – bei Passanten, die uns nicht weiter auffällig erschienen, oder bei Leuten, die Justus, Bob und Peter bei ihren Ermittlungen kennen lernten?

Justus holte Hammer und Nagel und wollte gerade den Durchgang im Zaun dichtmachen, als Bob auftauchte. Nachdem auch er mitgeholfen hatte, das Grüne Tor zu vernageln, zogen sich die drei Jungen durch Tunnel II in ihre Zentrale zurück. Justus nahm seinen Stammplatz hinter dem Schreibtisch ein und hörte sich aufmerksam Bobs Bericht über Gracie Montoya an.

»Zwischendurch war es mal ganz interessant«, sagte Bob, »denn ein gewisser Ernie tauchte auf, um Gracie zu besuchen. Er sah aus wie der Bursche, von dem ihr erzählt habt. Er klingelte an der Tür, aber Gracie ließ ihn nicht herein. Sie kam aus ihrer Wohnung und sie standen am Schwimmbecken und schrien sich an, auf Spanisch.«

»Mach keine Witze!« Peter war höchst erheitert.

Bob nickte. »Ja, und sie schrie am meisten. Bei ihm hörte es sich an, als versuche er ihr irgendetwas zu erklären, und sie wollte nichts davon wissen. Schließlich wurde er wütend und fing auch an zu schreien. Eine Dame, die im Nebenhaus wohnt, kam heraus und stand am Zaun und horchte, und dann drohte sie den beiden an, die Polizei zu rufen. Dann ging der Bursche wieder und Gracie Montoya ging ins Haus und holte ihre Handtasche. Ein paar Minuten später sah ich sie wegfahren. Ich wartete noch eine halbe Stunde, aber sie kam nicht wieder, und da ging ich weg.«

»Hm!«, sagte Justus. »Möchte nur wissen, was das alles soll. Na, wollen wir mal sehen, wie weit wir inzwischen sind.«

Justus beugte sich voll Eifer vor. »Der Bettler hat mit dem Verbrechen zu tun, das steht jetzt fest«, sagte er. »Und durch die Brieftasche können wir auch eine Verbindung zwischen ihm und Ernie mit seinen Freunden drüben beim Pier herstellen. Gracie Montoya gehört also zu dieser Clique und hat auch Verbindung mit Mr. Bonestell, und es ist hochinteressant, dass sie als Maskenbildnerin arbeitet. Hätte es ihr Werk sein können, einen anderen als den toten Terroristen Altranto aus der radikalen Gruppe von *Mesa d'Oro* zurechtzumachen? Und hätte sie sich selbst als Mann maskieren und an dem Bankraub beteiligen können? Sie ist groß genug, um nach Mr. Bonestells Beschreibung einer der Täter zu sein. Und heute erzählte er mir, dass nur der eine Dieb, der sich als Putzmann verkleidet hatte, während des Tathergangs gesprochen hat. Die beiden anderen redeten kein Wort.«

»Wenn einer von den dreien Gracie Montoya war, hätte sie ganz klar den Mund gehalten«, sagte Peter. »Sonst hätte ihre Stimme sie verraten.«

»Also hätte einer der beiden Mittäter eine Frau sein können«, befand Justus. »Oder die anderen sprachen kein Englisch und wollten das nicht merken lassen. Vielleicht sind sie aus Venezuela und gehören zu *Mesa d'Oro.*«

»Sie könnten die beiden Burschen sein, die mit Ernie zusammenwohnen«, sagte Peter. »Ich weiß natürlich nicht, woher diese Männer sind, aber sie sprechen fließend Spanisch. Und vielleicht können sie überhaupt kein Englisch.«

»Ernie hingegen spricht beide Sprachen fließend«, sagte Justus. Plötzlich war er sehr energisch. »Ich glaube, es ist Zeit, dass wir mehr über Ernie und seine Freunde in Erfahrung bringen. Bob, du bist der Einzige, den die Leute bei Denicola noch nicht kennen. Du könntest dich unauffällig am Pier aufhalten. Da ist eigentlich immer jemand und schaut zu, wenn an einem Boot gearbeitet wird. Mich und Peter hat Ernie schon gesehen.«

»Klar, mach ich«, sagte Bob.

»Dann werde ich zu Gracie Montoya gehen und mich dort mal gründlich informieren«, sagte Justus. »Und du, Peter, kannst du hier in der Zentrale bleiben? Der Blinde hat heute schon einmal zugeschlagen. Ich habe das Gefühl, dass wir ihm wieder begegnen werden, und falls das eintrifft, sollten wir besser zueinander Verbindung haben. Du kannst unser V-Mann sein.«

»Du meinst, ich soll am Telefon bleiben«, sagte Peter. »Na gut. Mach ich gern. Aber wenn der Blinde noch einmal hier aufkreuzt, dann verlass dich drauf, dass ich die Polizei anrufen werde.«

»Tu das nur!«, sagte Justus. »Es ist ja klar«, setzte er hinzu, »dass wir jetzt alle vorsichtig sein sollten. Der Bettler weiß, wo wir sind, und vielleicht weiß er auch – oder er vermutet es –, was wir vorhaben. Einmal ist er weggelaufen, aber das nächste Mal tut er das vielleicht nicht. Er könnte uns gefährlich werden – und zwar jederzeit!«

Die Warnung

»Macht sicher Spaß«, sagte Bob Andrews.

Bob stand am Ende des Piers bei Denicola. Es war Freitagmorgen und es war Ebbe. Bob schaute auf das Deck der *Maria III* hinunter. Dort stand Ernie und strich das Ruderhaus von außen frisch an. Bob wartete kurz. Ernie gab keine Antwort. Er sah nicht einmal auf.

»Voriges Jahr ließen wir unser Haus neu anstreichen«, sagte Bob. »Ich durfte den Malern helfen. Ich hab die Fensterrahmen gestrichen.«

Ernie hielt mit seiner Arbeit inne und schaute zu Bob hinauf, dann auf den Pinsel in seiner Hand. Dann trat er vom Ruderhaus zurück und streckte Bob den Pinsel entgegen.

Bob sprang vom Dock zum Bootsdeck hinunter. Er nickte munter, nahm den Pinsel und begann zu streichen, schön sorgfältig und sauber. Ernie schaute erheitert zu.

Nach ein paar Minuten wortloser Tätigkeit fing Bob an zu reden. »Mann, das muss toll sein, auf einem Boot zu arbeiten!«, sagte er.

Ernie knurrte nur.

»Ich bin mal auf einem Boot mitgefahren«, vertraute ihm Bob an. »Der Onkel meines Freundes hat uns mitgenommen. Es war fantastisch – bis die See kabbelig wurde.« Bob tischte eine lange Schauermär übers Seekrankwerden auf. Ernie musste nun doch lachen.

»Ja, manchen erwischt es ziemlich schlimm«, sagte der junge Mann. Er sprach ohne eine Spur von Akzent. »Ich werde nie seekrank.«

Bob half geschickt nach, und da erzählte Ernie von dem schlimmsten Unwetter, das er je auf See erlebt hatte. Bob fragte ihn aus wie ein staunender kleiner Junge und da wurde Ernie umgänglicher. Aber ehe Bob etwas von Belang erfahren konnte, kamen zwei Männer in Ernies Alter den Pier entlanggeschlendert. Sie sprachen Ernie auf Spanisch an und beim Antworten warf Ernie immer wieder einen Seitenblick auf Bob. Kurz darauf kletterte er aufs Dock und dann ging er mit seinen beiden Freunden von der *Maria III* weg.

Als sie außer Hörweite waren, entspann sich zwischen den drei jungen Männern eine lebhafte Diskussion. Bob versuchte sie im Auge zu behalten, ohne dass es auffiel.

Die Männer wandten sich immer wieder zum Ufer, und einer zeigte hin, als wolle er darauf aufmerksam machen, dass etwas von Norden her die Küste entlangkam. Ernie zuckte die Achseln und einer der Freunde ballte die Fäuste und fuchtelte mit den Armen. Der andere zeigte auf seine Armbanduhr und sagte sehr energisch etwas zu Ernie.

Schließlich wandte sich Ernie von seinen Freunden ab. Die beiden schlenderten den Pier hinauf und am Ufer entlang zu dem baufälligen kleinen Haus, das mit der Front zur Straße und mit der Rückseite zum Wasser stand. Bob schloss daraus, dass dies Ernies Hausgenossen waren.

Ernie kam wieder auf das Boot und Bobs Arbeit wurde gutgeheißen. »Sehr schön«, sagte er freundlich.

»Sie sprechen aber ganz toll Spanisch!«, rief Bob. »Und auch Ihre Freunde.«

»Für mich ist das die zweite Muttersprache«, brüstete sich Ernie. »Meine Freunde kommen aus Südamerika. Sie können nicht so gut Englisch, also unterhalten wir uns auf Spanisch.«

Bob sah die alte Mrs. Denicola aus dem Haus beim Parkplatz kommen. Sie trug ein Tablett mit einer Thermosflasche und ein paar Gläsern. Auf halbem Weg zwischen dem Haus und dem kleinen Büro, in dem Eileen Denicola saß, blickte die alte Dame zur *Maria III* hinüber. Sie sah Ernie und Bob – Bob hielt gerade noch den Pinsel – und sie blieb kurz stehen. Obwohl Bob mindestens hundert Meter von der alten Frau entfernt stand, bemerkte er, dass sie ganz angespannt war.

Nach ein paar Augenblicken ging die alte Frau weiter zum Büro. Gleich darauf kam Eileen heraus und betrat den Pier. Die jüngere Frau trug ein grobes blaues Arbeitshemd mit offen stehendem Kragen und hatte um den Hals ein blauweißes Tuch geschlungen. Sie hatte ausgewaschene Jeans und blaue Segelschuhe an. Ihr Blick war selbstbewusst und sehr kritisch

»Es ist doch deine Arbeit, das Ruderhaus zu streichen«, sagte sie zu Ernie. Sie sprach nicht laut, aber streng.

Ernie zuckte die Achseln. »Der Junge wollte ein wenig helfen. Er macht das gern.«

»Stimmt, Madam«, sagte Bob. »Das macht mir Spaß, wirklich.«

»Na schön, aber nun macht Ernie weiter«, sagte sie. »Meine Schwiegermutter möchte mit dir reden.«

»Mit mir?«, fragte Bob.

»Sie ist da drin.« Eileen zeigte auf das Büro. »Ich weiß nicht, worum es geht, aber sie wollte, dass ich dich hole. Gib Ernie den Pinsel und komm mit.«

Bob übergab den Pinsel und folgte Eileen Denicola zum Büro. Sie wandte sich noch einmal zurück, um Ernie zu sagen, dass sie mit ihm gleich nach dem Mittagessen im Boot wegfahren müsse. »Sei bitte pünktlich da«, ermahnte sie ihn. »Wir müssen zu Kellehers fahren und auftanken. Morgen früh um sieben kommen dreiundvierzig Leute hierher, dann bleibt uns dazu keine Zeit mehr.«

»Ja, Mrs. Denicola«, sagte Ernie und schwang den Pinsel schneller.

Bob lächelte. Offenbar war es Eileen Denicola gewohnt, dass man ihr gehorchte. Nun schritt sie vor ihm her und ihr roter Haarschopf wippte bei jedem Schritt. Die alte Mrs. Denicola kam ihnen aus dem Büro entgegen.

»Wir gehen ins Haus«, sagte die ältere Frau. Sie wandte sich zu Bob. »Und du, junger Mann, du kommst mit.«

Bob folgte ihr ins Haus und fragte sich, was nun kommen mochte. Sie führte ihn in ein Wohnzimmer, das eine ungemütliche, recht fremdartige Atmosphäre ausstrahlte, mit großen hochlehnigen Armsesseln und einem langen, abgrundhässlichen Sofa.

»Setz dich hin.« Mrs. Denicola zeigte auf einen Stuhl, der vor dem Sofa stand. Sie nahmen beide Platz. Die alte Frau faltete die Hände im Schoß ihres schwarzen Kleides. Dann blickte sie Bob so eindringlich an, dass er wegsehen musste.

»Dich habe ich schon gesehen«, sagte sie.

»Das … das glaube ich nicht«, sagte Bob.

»Du kannst es nicht wissen, aber ich habe dich gesehen«, sagte Mrs. Denicola. »Im Traum habe ich dich gesehen und nun da drüben.« Sie zeigte zum Fenster. »Ich glaube, du solltest nicht hier sein.«

Sie schien eine Erwiderung zu erwarten. Bob öffnete den Mund, aber die Stimme versagte ihm. Er brachte nur einen Laut zwischen Husten und ersticktem Keuchen hervor. Er machte den Mund wieder zu, holte tief Atem und räusperte sich.

»Ich hab nur beim … beim Anstreichen ein wenig geholfen«, sagte er. »Vorher war ich noch nie hier und …«

Er hielt inne, mit einem Mal voll Unbehagen und Angst. Er wollte die alte Dame nicht vor den Kopf stoßen oder ihren Unwillen erregen, doch er fürchtete sich vor der Kraft, die er in ihr spürte. Sie erinnerte ihn an die Orakel in alten Sagen – jene weisen Frauen der Vorzeit, die in entlegenen Höhlen lebten und wahrsagten und die Männer warnten, wenn Unheil bevorstand.

In dem kleinen Haus herrschte dumpfe Wärme und doch fröstelte Bob.

Mrs. Denicola beugte sich zu ihm vor, die Hände noch

immer in den Falten ihres schwarzen Kleides zusammengelegt. Ihr Gesicht war voller Runzeln und umschatteter Höhlungen. Sie sah abgezehrt und erschöpft aus.

»Du solltest nicht hier sein«, sagte sie noch einmal. »Du bist doch nicht zufällig hier, nehme ich an. Weshalb bist du gekommen?«

»Weshalb?«, flüsterte Bob. Es überraschte ihn, dass er nur ein Flüstern hervorbrachte. »Das war nichts Besonderes. Es … es war nur zum Zeitvertreib.«

Dann wandte er den Blick ab mit dem sicheren Gefühl, dass die alte Frau in ihn hineinsehen konnte und wissen musste, dass er log.

»Du bist in Gefahr«, sagte sie. »Du musst weggehen. Geh nun und komm nicht wieder her. Wenn du hierbleibst, wird es ein großes Unglück geben. Etwas Furchtbares wird passieren. In meinem Traum warst du in einem Haus, das sich neigte und erzitterte. Es krachte entsetzlich und du bist gestürzt und die Wände brachen ein und überall ringsum riss die Erde auf.«

Bob starrte die Frau entgeistert an. Er merkte, dass er die Hände zu Fäusten geballt hatte. Er zwang sich ruhig zu bleiben.

Eileen Denicola hatte Justus erzählt, dass die alte Frau manchmal Wahrträume hatte. Und die alte Frau hatte Justus erzählt, sie habe von einem Blinden geträumt, der eine Brieftasche vom Boden aufhob. Und nun hatte sie davon geträumt, dass die Erde aufriss und Bob stürzte. Was hatte das zu bedeuten?

Ein Erdbeben! Sie hatte von einem Erdbeben geträumt! Aber wozu sollte das gut sein, wenn sie Bob davon erzählte! Einem Erdbeben konnte er doch nicht dadurch entrinnen, dass er nun von hier wegging!

Sie seufzte. »Du denkst, ich bin eine verrückte alte Frau«, sagte sie traurig. »Vielleicht hätte ich dir meinen Traum nicht erzählen sollen. Du wirst nun weggehen und die anderen Jungen holen, und sie werden mich auslachen und mich eine alte Hexe nennen – eine verrückte alte Hexe aus Italien! Aber es ist wahr, dass ich dich in jenem Haus sah, das zusammenstürzte, und ich … ich war auch dort!«

Die Haustür ging auf und ein frischer Windhauch wehte herein. Eileen Denicola erschien auf dem Flur und schaute ins Zimmer. Sie sah belustigt aus, konnte aber eine gewisse Besorgnis nicht verbergen.

»Was ist hier los?«, fragte sie. In ihrer Stimme lag erzwungene Munterkeit. »Doch nicht schon wieder ein Traum?«

»Und wenn ja? Wenn es so ist?«, fragte die alte Frau. Sie beugte sich vor und berührte Bobs Knie. »Ich spüre, dass das ein guter Junge ist, der fleißig arbeitet«, sagte sie. »Ich kann ihm vorhersagen, dass er es richtig machen und weit bringen wird – wenn er auf die Menschen hört, die ihm wohlgesinnt sind und ihm raten möchten.«

Sie stand auf. »Nun muss ich mich aber beeilen«, sagte sie zu Eileen. »Unser Gast wird noch am Nachmittag kommen und es gibt viel zu tun.«

Sie ging hinaus, ohne sich noch einmal an Bob zu wenden.

»Na, ist alles in Ordnung?«, fragte Eileen Denicola.

»Ja«, sagte Bob ermattet. »Vielen Dank.«

Er stand auf und ging schnell an der jungen Frau vorüber aus dem Raum. In diesem Haus bekam er eine Gänsehaut. Er konnte es kaum erwarten wegzukommen!

Bei einer so unheimlichen, unheilvollen Prophezeiung muss Bob das Gruseln ankommen... Dabei drängt sich mir unwillkürlich die Erinnerung an eine in ähnlicher Hinsicht riskante Situation auf, in der sich Peter kürzlich befand!

Ernie macht Geschäfte

Die beiden jungen Männer, die bei Ernie wohnten, kamen jetzt wieder am Ufer entlang zum Pier her. Ernie war noch mit Anstreichen beschäftigt. Alles war noch so, wie es zwanzig Minuten zuvor gewesen war, und doch hatte sich alles verändert.

Gefahr! Mrs. Denicola hatte von Gefahr gesprochen.

Einige hundert Meter weiter vorn war an der Straße ein kleines Einkaufszentrum. Bob sah einen bescheidenen Supermarkt, eine Wäscherei und ein Immobilienbüro. Und vor dem Supermarkt sah er eine Telefonzelle. Er ging hin und wählte die Zentrale der drei ??? an.

Peter nahm sofort ab. Als er Bobs Stimme hörte, fragte er: »Alles in Ordnung bei dir?«

»Ja, alles klar. Ich denke schon. Aber die alte Dame – die alte Mrs. Denicola – die hat mir erzählt, sie hätte von mir geträumt. Du erinnerst dich doch, dass ihre Schwiegertochter sagte, sie hätte Wahrträume? Na, in ihrem Traum von mir war ich in Gefahr. Ich war in einem Haus, wo alles wackelte und einstürzte. Wie bei einem Erdbeben. Sie sagte mir, ich sollte nicht hier sein. Unheimlich, was?«

Es herrschte ein kurzes Schweigen. Dann sagte Peter: »Mann, Bob, du solltest vielleicht doch weggehen. Soll ich hinkommen und dich ablösen?«

»Es war ja nur ein Traum«, sagte Bob. Er sagte es mehr zu seiner eigenen Beruhigung, als um Peter zu überzeugen.

»Du, sei aber trotzdem vorsichtig, ja?«, sagte Peter.

»Bestimmt«, versprach Bob. »Ich möchte jetzt noch nicht weggehen. Da braut sich etwas zusammen. Du weißt doch, die beiden Burschen, die bei Ernie im Haus wohnen – die laufen heute dauernd beim Dock herum und reden spanisch mit Ernie. Irgendetwas macht ihnen schwer zu schaffen.«

Ein Transporter kam langsam die Straße entlanggefahren. Er bog in die Einfahrt zu den Denicolas ein und hielt auf dem Parkplatz an. Ein großer schlaksiger Mann in khakibrauner Arbeitskleidung stieg aus und ging auf den Pier zu.

»Bleib in der Nähe des Telefons«, sagte Bob. »Ich melde mich gleich wieder.«

Bob legte auf und trat aus der Telefonzelle. An der Straße parkten Campingwagen und Transporter und Personenwagen. Bob hielt sich zwischen den Fahrzeugen und dem Pier auf und ging bedächtig zu den Denicolas zurück.

Der Ankömmling mit dem Transporter war zu Ernie und seinen Freunden auf das Dock neben der *Maria III* getreten. Bob blieb stehen und schaute zu, wie Ernie sich mit dem Mann unterhielt. Ernie sah verärgert aus und fuchtelte aufgeregt herum.

Bob ging vorsichtig um einen geparkten Kombiwagen herum und trat von der Straßenböschung zum Ufer hinunter. Es fiel den Männern nicht auf, wie er den Sandstreifen überquerte, und nach ein paar Minuten war er unter dem Pier. Sein Fahrrad, das an einen Stützpfeiler angeschlossen war, kümmerte ihn nicht weiter, und er ging weiter bis zum Wasser.

Als Bob am Wasser angekommen war, blieb er stehen und horchte. Die Stimmen der vier Männer konnte er zwar hören, aber er bekam nicht mit, wovon sie redeten. Sie waren noch zu weit weg und die Brandung war zu nahe.

Bob zog die Brauen zusammen. Vermutlich würde er nicht verstehen, worum es ging, auch wenn er horchen könnte. Anscheinend sprachen sie Spanisch.

Doch dann waren auf dem Pier Schritte zu hören. Die Männer kamen in seine Richtung. Sie näherten sich, blieben dann zu einem kurzen Wortwechsel stehen – offenbar stritten sie sich über etwas – und gingen wieder weiter. Sie kamen immer näher und dann waren sie unmittelbar über Bobs Kopf angelangt. Er folgte ihnen geräuschlos unten auf dem Sand und immer wieder blickte er auf und lauschte.

»Na schön, Strong.« Das war Ernie. Er hatte angehalten und die anderen blieben auch stehen. »Ich verstehe ja, dass Sie erst mitmachen, wenn Sie Geld sehen. Aber wir müssen die Ware sehen. Und die muss einwandfrei sein, das merken Sie sich!«

»Die ist einwandfrei«, sagte eine andere Stimme. Das musste jener Strong sein, denn er sprach ohne Akzent. Sein Ton war barsch und geschäftsmäßig. »Aber ihr Burschen seht mir nicht so aus, als ob ihr da zuständig seid. Warum halte ich mich überhaupt mit euch auf? Ich will mit Alejandro reden. Er hat mir das Geschäft hier vorgeschlagen.«

»Alejandro hat mich beauftragt«, sagte Ernie. »Wenn

Sie so stur sind, können wir uns meinetwegen auf einen Vorschuss einigen.«

»Ich bitte darum«, sagte Strong.

»Ein Viertel des Gesamtbetrags«, sagte Ernie. »Den Rest halten wir bereit und Sie bekommen ihn nach der Übernahme der Lieferung – wenn alles planmäßig abläuft.

»Die Hälfte als Vorschuss«, forderte Strong. Seine Stimme war jetzt eiskalt. Fast hörte es sich gleichgültig an. »Die andere Hälfte bei der Übergabe. Aber ohne den Vorschuss läuft nichts – überhaupt nichts. Ich habe jede Menge Abnehmer für das Zeug.«

Kurze Zeit war es still, dann sagte Ernie: »Also gut, die Hälfte als Vorschuss, aber dann bekommen wir die Ware, ehe Sie die andere Hälfte sehen. Sie fahren jetzt nach Pacific States zurück und warten dort. Ich rufe Sie an, wenn ich das Geld habe.«

»Warum kann ich nicht hier warten?«, fragte Strong. »Das Hin- und Herfahren passt mir gar nicht.«

»Weil es so schnell nicht geht und weil die Gnädige, meine Chefin, jetzt in ihrem Büro sitzt und sich gleich mächtig aufregen wird, wenn sie meint, ich drücke mich vor der Arbeit. Also fahren Sie wieder hinüber und warten Sie auf meinen Anruf.«

Wieder Schweigen. Bob vermutete, dass der Mann sich zu dem Büro im Glaskasten umdrehte. Sicherlich war Eileen Denicola dort und sicherlich hatte sie ein waches Auge auf die Männer.

»Na ja«, sagte Strong schließlich. »Gut. Vielleicht hätte ich lieber gar nicht herkommen sollen. Na, meinetwegen. Ich werde Ihren Anruf in Pacific States erwarten. Dass Sie mich aber nicht hinhalten! Vergessen Sie nicht, dass Sie mich nötiger brauchen als ich Sie.«

Strong trennte sich von Ernie und seinen Freunden und Ernie sagte jetzt etwas auf Spanisch. Es klang nicht nach einem Kompliment und die jungen Männer neben Ernie stimmten mit aufgebrachtem Gemurmel zu.

Dann hörte Bob leichte Schritte auf dem Dock und eine Stimme, die voll verhaltenen Zorns war.

»Wer war das?«, forschte Eileen Denicola.

»Jemand von so einem Verband oder Club«, sagte Ernie. »Er sagte, er hätte die *Maria III* von der Straße aus gesehen, und er wollte wissen, ob man sie mieten kann.«

»Wenn sich das nächste Mal jemand wegen einer Bootsvermietung erkundigt, dann schickst du ihn gefälligst zu mir«, sagte Eileen.

»Ja, Mrs. Denicola«, sagte Ernie.

»Jetzt geh und iss zu Mittag«, befahl Eileen. »Ich brauche dich hier wieder Punkt ein Uhr, damit wir zum Tanken fahren können. Und lass deine Freunde zu Hause, hörst du?«

»Ja, Mrs. Denicola«, sagte Ernie kleinlaut.

Die jungen Männer setzten sich in Bewegung und Eileen ging auch weg. Bob wartete im Schatten unter dem Pier. Als er Ernie und seine Freunde über den Sand auf das verkommene kleine Haus zuschlendern sah, drehte er sich um und ging in entgegengesetzter Richtung davon. Er wollte herausbekommen, wo Pacific States war. Es hörte sich an wie ein Ortsname. Er trabte im Laufschritt zum Supermarkt mit der Telefonzelle zurück.

Im Telefonbuch in der Zelle war kein Ort namens Pacific States aufgeführt, aber unter dem Buchstaben P fand Bob die »Möbelspedition Pacific States« in der West Albert Road in Oxnard. Er wählte die Nummer und fragte nach Mr. Strong.

»Der ist jetzt nicht da«, sagte der Mann, der abgenommen hatte. »Soll er zurückrufen?«

»Nein«, sagte Bob. »Ich rufe später wieder an.«

Er legte auf. Er wollte gerade wieder in der Zentrale anrufen, als er einen Mann, der ihm bekannt vorkam, aus dem Supermarkt kommen sah. Als der Mann auf seinen geparkten Wagen zuging, trat Bob aus der Zelle und ging lässig zu ihm hin.

»Hallo, Bob!«, sagte der Mann. »Was machst du denn hier?«

»Tag, Mr. Soames!« Es war ein Nachbar – ein Mann, der in Rocky Beach gegenüber Bobs Haus wohnte . »Ich wollte nur … ich wollte mir hier nur mal den Angelbetrieb ansehen«, sagte Bob. »Mein Papa und ich gehen am Wochenende vielleicht fischen.«

Der Mann sah sich um. »Bist du mit dem Fahrrad da?«

Bob schüttelte den Kopf. »Ein Freund hat mich mitgenommen«, schwindelte er, fast so raffiniert, wie es Justus zu Stande brachte, wenn es darauf ankam. »Sie fahren wohl nicht zufällig nach Norden, oder?«

»Ja, doch«, sagte Mr. Soames. »Ich fahre nach Carpinteria, meine Schwester besuchen.«

»Ich dachte mir schon, dass Sie dahin wollen. Könnte ich bis Oxnard mitfahren?«

»Natürlich, aber heute fahre ich nicht mehr zurück. Wie kommst du dann von Oxnard nach Hause?«

»Mit dem Greyhound-Bus«, sagte Bob leichthin. »Vielen Dank, Mr. Soames. Das kommt mir gerade recht.«

Bob rutschte in Mr. Soames' kleinem Wagen auf den Beifahrersitz und triumphierte innerlich. Justus hätte das auch nicht besser machen können. So blieb ihm eine lange Radfahrt auf der Hauptverkehrsstraße erspart, und vielleicht würde er vor dem Abend noch erfahren, um was für eine Ware Ernie und seine Freunde da gehandelt hatten – und wieviel sie dafür zu zahlen bereit waren!

Bob in Nöten

Justus saß auf dem Bordstein gegenüber Gracie Montoyas Wohnung. Er fühlte sich entmutigt und gelangweilt. Um neun Uhr in der Frühe hatte er an Gracies Tür geklingelt und noch einmal versucht sie für ein Abonnement der Abendzeitung zu interessieren. Sie blieb jedoch bei ihrer Ablehnung und diesmal war sie nicht zum Plaudern aufgelegt.

Dennoch hatte Justus bei einem Haus an der anderen Straßenseite Posten bezogen und Gracies Wohnung den ganzen Vormittag nicht aus den Augen gelassen. Er sah, wie sie Wäsche in einen Raum am hinteren Ende des Gebäudes trug und später mit Stapeln säuberlich zusammengefalteter Laken zurückkam. Nun saß sie am Schwimmbecken und manikürte sich die Fingernägel. Justus wollte unbedingt noch einmal mit ihr reden. Er würde einfach vorgeben, er habe ein Auftragsbuch liegen gelassen.

Justus stand vom Bordstein auf und überquerte die Straße. Als er jedoch an die Pforte zu Gracies Haus kam, blieb er stehen. Das Mädchen hatte jetzt ein Telefon an einer langen Strippe neben sich und unterhielt sich mit einer gewissen Marilyn.

»Von den Darstellern her taugt der Film nicht viel«, sagte sie gerade, »aber ich habe gehört, dass es großartige

Spezialeffekte gibt. Wenn sie das Raumschiff in die Luft sprengen, wackeln die Sitzreihen. Ich habe mich erkundigt, die erste Vorstellung ist um zwei. Sollen wir noch ein Sandwich essen, ehe wir hingehen?«

Justus wandte sich ab. Gracie Montoya wollte also ins Kino. Sollte er ihr folgen? Er macht sich klar, dass es wenig ergiebig für ihn sein würde, den Nachmittag in einem Kino zu verbringen.

Dann fragte sich Justus, ob wohl Bob beim Pier der Denicolas seine Zeit erfolgreicher ausfüllte. Er fragte sich auch, ob die gegenwärtigen Unternehmungen seines Teams für Mr. Bonestell überhaupt von irgendwelchem Nutzen waren. Konnten Ernie und seine Freunde die Bankräuber sein? Und wenn es so war, wie sollten die drei ??? das beweisen? Plötzlich fiel Justus etwas ein, das er schon im Kino und im Fernsehen gesehen hatte. Er holte sein Fahrrad und flitzte zum Schrottplatz zurück.

Peter war in der Zentrale, blätterte in einer Sportillustrierten und sah gelangweilt aus.

»Schön, dass du kommst«, sagte Peter. »Hier war überhaupt nichts los. Nur Bob hat einmal angerufen.«

»So?«, sagte Justus. »Was hat er denn gesagt?«

»Er meint, bei den Denicolas braut sich etwas zusammen. Ernies Hausgenossen lungern herum und reden ständig mit Ernie. Bob sagt, irgendwas bewegt die Gemüter. Und die alte Mrs. Denicola hat von Bob geträumt. Sie sagte, er sei in Gefahr und er solle sich da nicht aufhalten.«

Justus spürte, wie es ihn durchzuckte. Er wusste nicht so recht, ob er an Mrs. Denicolas Träume glauben sollte, aber mit Ernie war es etwas anderes. »Wann hat denn Bob angerufen?«, fragte er.

»Vielleicht vor einer halben Stunde, vielleicht ist es auch länger her. Ich habe ihm angeboten, ihn bei den Denicolas abzulösen, aber er wollte noch bleiben.«

Justus nickte. »Schön. Weißt du, ich werde mal selbst hinfahren. Ich werde versuchen, die drei Burschen zu fotografieren. Wenn ich von den Aufnahmen Abzüge mache und sie mit Filzschreiber retuschiere – also Bärte und Perücken anmale –, kann ich sie Mr. Bonestell zeigen. Dann erkennt er sie vielleicht wieder.«

Justus schlüpfte in die Dunkelkammer und holte eine Kamera mit Teleobjektiv. »Du bleibst am Telefon«, gebot er. »Ich rufe dich an, wenn ich Bob getroffen habe.«

Eine halbe Stunde später war Justus auf der Straßenseite gegenüber dem Pier der Denicolas. Die *Maria III* lag nicht da und der kleine Büro-Glaskasten beim Dock war leer. Ernie und Eileen waren nirgends zu sehen.

Justus zuckte die Schultern und schob sein Fahrrad über die Straße. Er holperte damit über die geschotterte Böschung zum Ufer hinunter und fand dort Bobs Rad an einen Pfeiler unter dem Pier angeschlossen. Justus schloss sein eigenes Fahrrad dazu und schaute dann in beide Richtungen den Strand entlang. Er sah Angler in der Brandung und Kinder, die mit einem Hund spielten, aber keinen Bob. Mitsamt der Kamera stieg er wieder hinauf zum Parkplatz der Denicolas. Auch hier war niemand. Dann entdeckte er auf dem Abstellplatz bei dem grau verkleideten Haus am Pier den Kombiwagen. Also war bei den Denicolas jemand zu Hause.

Justus ging zum Haus hinüber. Er musste gar nicht erst klingeln. Die Tür ging auf und da stand die alte Mrs. Denicola. Sie schaute ihn durchdringend an.

»Mrs. Denicola, haben Sie meinen Freund gesehen?«.

»Deinen Freund?«

»Er war heute früh hier und da unterhielten Sie sich mit ihm«, erklärte ihr Justus. »Sie haben von ihm geträumt.«

»Ah!«, sagte Mrs. Denicola. »Dieser Junge also – der Kleine mit der Brille – das ist ein Freund von dir. Ich meine fast, ich hätte das gewusst.«

Sie blickte Justus streng mit zusammengezogenen Brauen an, aber Justus merkte, dass sie im Grunde nicht böse war.

»Haben Sie meinen Freund seit heute Morgen noch einmal gesehen?«, fragte Justus. »Sein Fahrrad steht unter der Pier, aber er ist nicht da. Ist er etwa mit dem Boot hinausgefahren? Hat ihn Ihre Schwiegertochter zu einer Bootsfahrt mitgenommen?«

Die alte Mrs. Denicola schüttelte den Kopf. »Eileen hat Ernie auf der *Maria* mitgenommen«, sagte sie. »Ich sah sie wegfahren. Aber es war sonst niemand dabei.«

»Ich möchte nur wissen, wo Bob hingegangen sein könnte«, sagte Justus mehr zu sich selbst.

»Ich weiß es nicht«, sagte Mrs. Denicola. Sie trat zurück und hielt die Tür weit auf. »Aber ich glaube, dass etwas Schlimmes passieren wird. Ich habe es geträumt und ich habe Angst. Du solltest mir über dich und deinen Freund mehr erzählen. Komm bitte herein.«

Das klang ja wie die Stimme des Jüngsten Gerichts... Zum ersten Mal fragte sich Justus, ob Bob wirklich in Gefahr sein mochte.

In Oxnard, weit weg von seinen Freunden, näherte sich Bob der Möbelspedition Pacific States. Der Betrieb lag auf einem großen freien Gelände an der Albert Road. Bob sah einen hohen Maschendrahtzaun, ein fensterloses, blockartiges Betongebäude und ein paar schlammbespritzte, weiße Möbelwagen. Die Zufahrt vor dem Eingangstor war von tiefen Furchen durchzogen und mit Pfützen übersät, und das Tor war mit einem Vorhängeschloss abgesperrt.

Es war niemand zu sehen. Bob ging einmal rund um das Gelände. Vor dem Bau mit den kahlen Wänden sah er Unkraut und zerbrochene Kisten und Knüllpapier. Hinten versperrten ihm geparkte Firmenwagen den Blick auf die Rückseite des Gebäudes, doch von irgendwo auf dem Hof konnte er Stimmen hören.

Bob blieb ruhig stehen und horchte. Die Unterhaltung ging weiter, aber Bob konnte die Worte nicht verstehen. Da sah er, dass einer der Möbelwagen gleich beim Zaun abgestellt war. Er blickte sich nach beiden Seiten um, dann holte er tief Atem. Er trat mit der Fußspitze in die Maschen des Zauns, kletterte hinauf und von dort auf das Dach des Möbelwagens. Einen Augenblick lang lag Bob regungslos da und bemühte sich, ruhiger zu atmen. Er war nicht so sportlich wie Peter, aber er hatte es geschafft! Nun war er unbeschadet auf das Firmengelände gelangt. Auf allen vieren kroch er vorwärts. »Das trocknet doch nicht mehr rechtzeitig«, sagte eine Stimme, jetzt ganz in der Nähe.

»Macht doch nichts«, sagte eine zweite Stimme. »Trocken oder nicht, den nehmen wir.«

Ein zweiter Möbelwagen war dicht neben dem einen, auf dem Bob hockte, abgestellt. Er richtete sich auf. Seine Füße mit den Turnschuhen machten kein Geräusch, als er die schmale Lücke zwischen den beiden Fahrzeugen überschritt. Er kauerte sich wieder hin und kroch weiter vor. Nun konnte er auf einen freien Platz hinuntersehen, wo sich zwei Männer mit dem Rücken zu ihm einen blitzblanken weißen Wagen anschauten. Bob drückte sich vorsichtshalber flach gegen das Wagendach und hob nur den Kopf.

»Schon gut, Harry«, sagte einer der Männer. Es war Strong. Er hatte die Hände in die Hüften gestemmt und hielt den Kopf schräg. »Das machst du ja ganz prima.«

Der Mann namens Harry knurrte etwas. In der einen Hand hatte er einen Farbeimer und in der anderen einen kleinen Pinsel. Der Geruch der Farbe hing schwer in der Luft. Der Möbelwagen, den die Männer da bewunderten, hatte an der Seite eine neue Beschriftung bekommen; der Name der Möbelspedition war einfach übermalt worden. Die neue Aufschrift lautete »McCutcheon's Fischereibedarf«.

Bob musste heimlich grinsen. Da hatten die Männer einen der Möbelwagen umfunktioniert.

»Riesenaufwand«, sagte Harry und zeigte mit dem Pinsel hin.

»Es steht viel auf dem Spiel«, sagte Strong. »Wir dürfen kein Risiko eingehen. Wenn man bei den Denicolas einen Möbelwagen sähe, würden die Leute neugierig.«

Strong drehte sich um und verschwand in der offenen Tür des großen fensterlosen Gebäudes. Gleich darauf ging ihm sein Partner nach, und eine Zeit lang hörte Bob nur das Geräusch von Holz, das auf Beton scharrt. Schließlich kam Strong wieder in Sicht. Er schob eine Sackkarre mit drei Holzkisten vor sich her. Strong rollte eine Ladung zu dem frisch übermalten Möbelwagen.

Harry beförderte eine zweite Ladung Kisten aus dem Haus. Ehe er fünf Meter weit gekommen war, geriet er jedoch mit seiner Sackkarre in eine Furche. Eine seiner Kisten rutschte herunter und platzte auf und dutzende kleiner Schachteln fielen zu Boden.

»Mann, pass doch besser auf!«, schrie Strong.

»Schon gut, schon gut!«, sagte Harry. »Reg dich wieder ab, ja?«

Er kniete nieder und las die kleinen Schachteln zusammen, stopfte sie in die aufgeplatzte Kiste zurück und hob diese wieder auf die Karre.

Von seinem Aussichtsplatz auf dem Dach des abgestellten Wagens sah Bob, dass eine der Schachteln aufgerissen war. Ein paar kleine Gegenstände waren herausgefallen und lagen jetzt auf der Erde. Bob hielt den Atem an und wartete. Weder Strong noch Harry kümmerten sich um die heruntergefallenen Dinge. Sie luden fleißig Kisten in den frisch übermalten Wagen, kehrten dann zum Haus zurück und holten noch weitere Kisten.

Die beiden waren fast eine halbe Stunde lang beschäftigt. Sie luden Kisten aller Art und Größe ein. Einige waren aus Holz, andere aus Wellpappe. Manche waren so schwer, dass beide Männer sie gemeinsam anheben mussten. Zuletzt schlossen die Männer die Türen hinten am Wagen und sicherten sie mit einem Vorhängeschloss.

»Bei dem Geschäft hätten wir Hilfe brauchen können«, sagte Harry. Er wischte sich die Stirn mit seinem Taschentuch ab. »Wir brauchen keine Mitwisser«, sagte Strong.

Die Männer gingen in den Betonklotz und Bob lag ganz still weiter auf der Lauer. Fünf Minuten verstrichen, dann zehn. Strong tauchte nicht wieder auf und von Harry war auch nichts mehr zu sehen. Bob machte sich klar, dass die beiden vorerst nicht zu dem beladenen Wagen zurückkehren würden.

Bob kroch zur Vorderseite des Möbelwagens, auf dem er sich versteckt hatte. Er rutschte zum Führerhaus hinunter, von da zur Motorhaube, dann zu Boden. Rasch ging er zu den am Boden verstreuten kleinen Gegenständen hin, die aus der aufgebrochenen Kiste gefallen waren, und kniete nieder, um ein solches Ding aufzuheben.

Es war schwer. Bob spürte einen kalten Schauder der Furcht, als er erkannte, was das war. Eine Revolverkugel!

Dann schaute er auf und seine Furcht schlug in panisches Entsetzen um. Er versuchte zu schlucken, aber seine Kehle war ausgedörrt. Er war wie gelähmt – so starr, dass er nicht einmal zitterte.

Ein Hund beobachtete ihn! Ein Dobermann! Regungslos und aufmerksam stand er da, keine zehn Schritte weit. Die schwarzen Augen waren auf Bob geheftet und die Ohren waren aufgestellt. Er gab keinen Laut von sich. Er schaute nur herüber und nagelte Bob mit seinem Blick fest.

»He!«, sagte Bob. Es war ein Flüstern – ein heiseres, atemloses Flüstern. »He, alter Junge! Na, was ist?«

Bob richtete sich langsam auf und wich einen Schritt vor dem Hund zurück.

Da hoben sich die schwarzen Lefzen über den weißen Zähnen und ein leises, bedrohliches Knurren war zu hören.

»He!«, sagte Bob.

Das Knurren wurde lauter. Der Hund kam näher heran und blieb dann stehen.

Bob wagte sich nicht mehr zu rühren. Der Hund war ein Wachhund, das war ihm klar. Er würde Bob den ganzen Tag hier festhalten, wenn es sein musste. Bob war gefangen!

Justus und die heiße Dusche

Das Haus der Denicolas durchzog ein warmer Duft nach Käse und Kräutern und würziger Tomatensoße. Doch ausnahmsweise stand Justus der Sinn nicht nach gutem Essen. Er saß der alten Mrs. Denicola im Wohnzimmer gegenüber und hörte zu, wie sie über ihren Traum berichtete.

»Im Traum sah ich deinen Freund in einem Raum«, sagte die alte Dame. »Es war ein entsetzlicher Lärm und die Wände neigten sich und rissen auf. Ich kannte diesen Raum nicht, in dem er war, und ich kannte auch den Jungen nicht. Dann sah ich den Jungen heute früh, wie er Ernesto beim Anstreichen half, und da wusste ich, dass es der Junge aus dem Traum war und dass er von hier fort musste. Hier ist die Gefahr. Ich spüre sie ganz stark. Und die Gefahr besteht nicht nur für ihn. Auch für mich. Also sagte ich ihm, er solle weggehen, und das muss er sich gemerkt haben. Er ist nicht hier.«

Justus zog die Brauen hoch. »Mrs. Denicola, werden Ihre Träume immer wahr?«, fragte er.

»Nein. Meistens sind es gewöhnliche Träume, wie sie jeder hat. Wirr und zusammenhanglos. Bruchstücke alter Erinnerungen. Nur manche Träume sind anders. Im Traum begegne ich manchmal Fremden. Und dann, wenn ich wach bin, begegne ich denselben Menschen zum ersten Mal, und da weiß ich, dass es ein Wahrtraum war. Natürlich weiß ich nicht alles. Im Traum bekomme ich immer nur eine Ahnung. Es ist wie ein Blinklicht – von einem Leuchtturm. Wenn es ein böser Traum ist, erfahre ich daraus, wo Vorsicht geboten ist, denn der Leuchtturm weist auf eine Gefahrenstelle hin.«

»Handeln Ihre Träume immer von Gefahren?«, fragte Justus.

»O nein!« Plötzlich lächelte die alte Frau. »Einmal träumte ich von einer jungen Dame mit rotem Haar, ehe mein Sohn Alfredo seine Eileen kennen lernte. Ein guter Traum…«

Justus merkte, dass sie gleich Familiengeschichten vom Stapel lassen würde und wechselte rasch das Thema. »Der Mann, den Sie Ernesto nennen – ist das ein Verwandter?«

»Der doch nicht!« Sie sah verächtlich aus. »Das ist doch der Strandstreicher, wie wir ihn nennen. Er ist ein Taugenichts. Aber vielleicht hat er ein gutes Herz. Diese beiden, die bei ihm in dem kleinen Haus am Ufer wohnen, die sind aus Südamerika. Ernesto hat immer einen oder zwei Südamerikaner bei sich. Sie wohnen bei ihm, bis sie Arbeit gefunden haben. Und sie lernen ein wenig Englisch. Dann ziehen sie weiter. Ich glaube, Ernestos Vater war aus Südamerika, und früher war er selbst auf solche Unterstützung angewiesen. Nun leistet Ernesto im Gedenken an seinen Vater anderen Hilfe. Und so ist doch niemand ganz ohne Wert.«

Bei aller Hochachtung vor lebenserfahrenen älteren Herrschaften – ich frage mich, ob sich Mrs. Denicola da nicht doch täuscht!

Nun runzelte Mrs. Denicola die Stirn. »Und du?«, sagte sie zu Justus. »Du bist doch nicht hierher gekommen, um eine Brieftasche zu suchen, oder? Und dein Freund war doch ein Späher, nicht wahr? Wen beobachtet er denn? Ernesto? Hier geht etwas vor, das wir nicht wissen. Etwas, das sich Eileen und mir entzieht.«

»Ich glaube auch, dass etwas vorgeht«, sagte Justus. »Nur weiß ich nicht genau was, Mrs. Denicola. Sie träumten von einem Blinden, der eine Brieftasche fand. Haben Sie den Mann seit diesem Traum einmal gesehen – in Wirklichkeit?«

»Nein, ich habe ihn nicht gesehen.«

»Aber mein Freund Bob hat ihn gesehen und ich auch«, sagte Justus.

Justus zog eine Karte der drei ??? aus seiner Brieftasche, schrieb eine Nummer darauf und gab sie der Frau. »Wenn Sie dem Blinden begegnen, würden Sie unter dieser Nummer anrufen?«, fragte er. »Sollte ich nicht da sein, wird es mir ausgerichtet. Und wenn etwas Besonderes passiert – vielleicht etwas, das Ernie tut oder sagt –, würden Sie es uns mitteilen? Ich mache mir Sorgen um meinen Freund.«

»Ja«, sagte sie. »Deine Sorgen sind berechtigt.«

»Ich würde gern telefonieren, wenn ich darf«, sagte Justus. »Vielleicht hat Bob was von sich hören lassen.«

Mrs. Denicola zeigte zur Diele hinaus und Justus ging dort ans Telefon. Er wählte die Nummer der Zentrale. Peter nahm schon während des ersten Klingelzeichens ab.

»Du, hör mal, Bob hat angerufen«, sagte Peter gleich. »Kurz, nachdem du weg warst. Er war irgendwo in Oxnard. Er sagt, da gibt es eine neue Figur in unserem Ratespiel – einen gewissen Strong. Er will sehen, ob er herausfinden kann, was der Mann vorhat, und er wird sich später am Nachmittag noch einmal melden.«

»Gut!«, sagte Justus. »Sein Fahrrad hat er ja hier gelassen und ich machte mir schon Sorgen, es könnte ihm etwas passiert sein.«

»Nein, es ist alles in Ordnung. Wo bist du gerade?«

»Ich bin bei Mrs. Denicola. Ich komme dann später.«

Justus legte auf. Mrs. Denicola war zu ihm getreten. »Deinem Freund geht es also gut?«, fragte sie.

Justus lächelte. »Ja. Er hat aus Oxnard angerufen. Er musste dort etwas ... etwas erledigen.«

»Sehr gut«, sagte die Frau. »Dann können wir also vorläufig beruhigt sein, und ich werde nun das Essen für meinen Gast bereiten, der bald kommt. Und du, du musst dich auch weiter um deine Angelegenheiten kümmern, nehme ich an. Aber sei vorsichtig, hörst du?«

Das versprach Justus. Dann ging er die Straße entlang zu dem Haus, wo Ernie mit den beiden jungen Südamerikanern wohnte.

Justus fand einen bequemen Sitzplatz auf einem Pflanzentrog an der anderen Straßenseite. Es dauerte mehr als eine Stunde, bis ein staubiger alter Lastwagen angefahren kam und einen von Ernies Hausgenossen am Straßenrand absetzte.

Justus nahm den Mann im Sucher seiner Kamera aufs Korn. Der Auslöser klickte und gleich noch einmal. Ehe Ernies Freund in dem kleinen Häuschen verschwunden war, hatte ihn Justus sechsmal mit dem Teleobjektiv fotografiert.

Dann setzte er sich wieder bequem hin und richtete sich auf eine längere Wartezeit ein. Als die *Maria III* in Sicht kam, nickte er zufrieden. Das große Fischerboot zog an ihm vorbei und legte am Pier an. Zwei Personen verließen das Schiff – Ernie und Eileen. Früher oder später, dachte sich Justus, würde Ernie wieder in das Haus über der

Straße gehen. Mittlerweile wollte Justus noch auf den zweiten Logiergast warten.

Die Minuten verstrichen, und Justus schaute den Möwen zu, wie sie aufs Wasser herabstießen und über den Strand segelten. Wenn er nach links schaute, konnte er die Zufahrt bei Denicolas sehen. Hin und wieder bog ein Auto dort ein und hin und wieder kam eines herausgefahren. Das Haus der Denicolas versperrte Justus die Sicht aufs Büro, aber er nahm an, dass Eileen jetzt wieder dort drinnen war. Vielleicht hatte Ernie etwas für sie zu erledigen.

Justus wandte den Blick ab und behielt nun das Ufer rechter Hand im Auge. Da standen Angler, die mit ihren Ruten beschäftigt waren, und ein Mann arbeitete sich bedächtig mit einem Metalldetektor am Strand entlang. Surfer warteten weiter draußen im Wasser auf Wellen. Am Horizont türmten sich Wolken auf und der Wind war kälter geworden. Der Tag hatte schön und klar begonnen, aber er würde mit Regen enden.

Ernies Gast kam aus dem Haus gegenüber und ging auf den Pier zu. Justus sah auf die Uhr. Es war jetzt gleich drei. Bob hatte Peter gesagt, am Vormittag seien beide Freunde in Ernies Nähe gewesen. Wo war denn nun der dritte Mann?

Justus schaute zum Haus der Denicolas hinüber. Vorher hatte er auf dem Parkplatz beim Haus einen Kombiwagen gesehen. Nun fiel ihm plötzlich auf, dass dieses Auto nicht mehr da war. Wann war es nur abgefahren? Er hatte gar nicht bemerkt, dass jemand damit den Platz verlassen hatte. Er war wie hypnotisiert gewesen – eingelullt von dem Wind und den Möwen und dem Tosen der Brandung.

Justus stand auf und ging auf der Straße los. Als er auf gleicher Höhe wie Denicolas Zufahrt war, sah er, dass Eileen Denicola nicht in dem Büro beim Pier war. Nur Ernie war dort. Er saß auf Mrs. Denicolas Stuhl und hatte die Füße auf den Schreibtisch gelegt. Er rauchte, saß locker und bequem da und lachte. Sein Hausgast saß mit übergeschlagenen Beinen auf der Schreibtischplatte und erzählte Ernie offenbar gerade eine Geschichte. Sein Mienenspiel war lebhaft und er redete in einem fort und fuchtelte in der Luft herum.

Wo war Eileen Denicola? War sie bei ihrer Schwiegermutter im Haus? Was würde sie dazu sagen, wenn sie herausschaute und Ernie mit seinem Freund sah, wie sie sich in ihrem Büro und auf ihrem Schreibtisch breit gemacht hatten? Justus war ganz sicher, dass sie außer sich geraten würde.

Doch dann fiel Justus auf, dass das Haus jetzt verlassen wirkte. Die Fenster waren geschlossen, die Vorhänge zugezogen. Während Justus noch daran herumrätselte, bog ein Wagen in die Einfahrt ein und hielt vor dem Haus. Eine weißhaarige Frau stieg aus, die ein in rosa Papier gehülltes Päckchen trug. Justus nahm an, das müsse Mrs. Denicolas Besuch zum Abendessen sein. Er sah, wie die Dame an der Haustür klingelte. Es kam aber niemand und nach einer Minute klingelte sie noch einmal. Immer noch meldete sich niemand. Sie schritt zum Büro hinüber.

Ernie hatte alles beobachtet und stand ohne Eile auf. Sein Freund blieb lässig auf dem Schreibtisch sitzen.

Ernie und die Frau wechselten ein paar Worte. Dann schrieb sie etwas auf ein Blatt Papier, faltete es zusammen und gab es Ernie. Mit ziemlich verärgerter Miene ging sie zu ihrem Auto zurück.

Als die Frau weggefahren war, setzte sich Ernie wieder hin. Auch jetzt legte er die Füße auf die Tischplatte, und die Nachricht, die ihm die Frau gegeben hatte, warf er kurzerhand in den Papierkorb.

Ernies Freund lachte.

Justus war hell entsetzt. Er drehte sich um und schritt ein Stück die Straße entlang, bis er das Haus der Denicolas zwischen sich und den Männern im Büro hatte. Dann erst ging er über die Fahrbahn zum Haus.

Hinten am Haus, gleich neben dem Eingang der Küche, war ein Fenster, das von innen nicht gesichert war. Nachdem Justus das Fenster geöffnet hatte, griff er hinein und drehte den Schließknauf an der Innenseite der Tür. Er trat in die Küche und schloss die Tür hinter sich, sperrte aber nicht wieder zu. Vielleicht musste er ganz fix wieder heraus.

In der Küche war es warm und der ganze Raum war von Essensduft erfüllt. Aber die Tomatensoße zu den Nudeln war in ihrem Topf auf dem Herd schon ganz eingedickt, und in der Röhre kühlte der Braten aus, während der grüne Salat im Sieb warm und welk wurde. Die alte Mrs. Denicola musste in aller Eile weggegangen sein.

Justus schlich vorsichtig ins Esszimmer, wo der Tisch für drei Personen gedeckt war. Das Zimmer mit den zugezogenen Vorhängen war dämmrig und ebenso das Wohnzimmer, wo er noch vor einer halben Stunde mit Mrs. Denicola gesessen hatte. Im Wohnzimmer hing jetzt ein unangenehmer Geruch in der Luft, der fast stärker war als der Essensduft in der Küche. Justus sah, dass jemand eine Zigarette auf Mrs. Denicolas Kaminplatte geworfen und nur rasch ausgetreten hatte.

Justus ging zum Fuß der Treppe und rief leise, obwohl er im Grunde keine Antwort erwartete.

»Mrs. Denicola! Sind Sie da? Ich bin's! Justus Jonas!«

Im Haus blieb alles still. Nun ging Justus die Treppe hinauf. In den Schlafzimmern waren die Vorhänge nicht zugezogen und das Licht strömte herein. Ein Zimmer war voller schwerer, dunkler Möbel, darunter ein Schreibtisch, auf dem viele gerahmte Fotografien standen. Gegenüber lag ein Zimmer mit weißen Möbeln und Farbdrucken an den Wänden. Justus hatte gerade einen Blick in diesen Raum geworfen, als ein Telefon laut klingelte.

Justus zuckte heftig zusammen. Dann sah er, dass auf dem Tisch beim Bett ein Telefon stand. Er schaute aus dem Fenster zum Büro hinunter.

Ernie blickte starr auf den Apparat auf Eileens Schreibtisch. Offenbar zögerte er noch.

Das Telefon auf dem Nachttisch klingelte wieder.

Im Büro nahm Ernie den Hörer ab. Da hörte das Telefon im Schlafzimmer auch auf zu klingeln. Aha, dachte Justus. Das war also ein Nebenanschluss zu dem Apparat im Büro. Rasch hob Justus den Hörer ab und hielt ihn ans Ohr.

»Si«, sagte Ernie.

Der Anrufer am anderen Ende der Leitung holte zu einem Redeschwall auf Spanisch aus. Justus hielt den Atem an und lauschte. Er nahm alle Aufmerksamkeit zusammen und strengte sich an, um von der Unterhaltung möglichst viel mitzubekommen.

Der Anrufer gab sich als Alejandro zu erkennen. Er sagte, er fahre jetzt los, um Strong zu treffen. Es ging um Geld. Justus hörte, wie der Name Denicola erwähnt wurde und dann sein eigener Name! Alejandro erinnerte Ernie daran, dass Justus Jonas mit dem alten Bonestell über die Denicolas und über den Blinden gesprochen hatte. Alejandro ermahnte Ernie, er solle auf der Hut sein.

Ernie versprach das und sagte noch, er und Rafi hätten alles unter Kontrolle. Justus nahm an, dass Rafi der eine von Ernies Hausgenossen war, der jetzt bei ihm im Büro saß. Noch ein paar Worte wurden gewechselt, dann legte Ernie auf.

Justus legte den Hörer nieder und sah zum Fenster hinaus. Ernie war jetzt im Hof vor dem Büro und schaute am Strand entlang. Er machte ein finsteres Gesicht, und als sein Freund zu ihm trat, zeigte er auf sein kleines Haus am Ufer.

Rafi zuckte die Achseln und schritt auf das Haus zu.

Ernies Blick blieb am Haus der Denicolas haften. Plötzlich war sein Ausdruck voller Neugier und er setzte sich in Bewegung.

Justus trat vom Fenster zurück. Verflixt!, dachte er. Ernie musste das Klicken gehört haben, als Justus den Hörer abnahm. Unten auf der Veranda hörte Justus Schritte und das Geräusch eines Schlüssels, der im Schloss gedreht wird. Da unten war Ernie. Gleich würde er ins Haus kommen. Für Justus war es damit zu spät, die Treppen hinunterzugehen. Da konnte er erwischt werden und dann …

Und was nun?

Ein Badezimmer lag neben dem Schlafraum. Justus hörte, wie drinnen ein Wasserhahn tropfte.

Die Haustür öffnete sich mit einem Knarren.

Mit drei Schritten hatte Justus den Raum durchquert. Er trat ins Bad und drehte die Dusche auf. Dann kehrte er zum Schlafzimmer zurück, versteckte die Kamera unter dem Bett und stellte sich hinter die Tür.

Ernie kam die Treppe heraufgepoltert und hechtete zur Tür des Schlafzimmers. Da stand er und starrte ins Badezimmer. Aus der Duschecke drangen Dampfschwaden und quollen zur Badezimmertür hinaus.

Ernie schritt durchs Schlafzimmer ins Bad und riss den Duschvorhang zur Seite. In diesem Augenblick schlüpfte Justus hinter der Tür vor, lief in den Flur und flitzte die Treppen hinunter. Er konnte Ernie rufen hören, als er die Hintertür öffnete, aber er hielt sich nicht damit auf. Er raste aus dem Haus.

Aber wo sollte er nur hin? Hier stand er völlig ungeschützt im Freien und Ernie würde ihn jeden Augenblick entdecken!

Der allerletzte Fingerzeig

Justus lief schnell über den Hof der Denicolas zur Straße vor. Für einen längeren Dauerlauf war er zu schwer. Er brauchte ein Versteck vor Ernie. Aber wo?

Justus sah, dass an der Böschung ein Campingwagen parkte. Die Tür hinten am Wagen war offen und der Eigentümer des Fahrzeugs hatte sich für einen Augenblick abgewandt. Er stand da und blickte zu den Steilhängen gegenüber hin, während er sich an einem Papiertuch die Hände abwischte. Da gab es für Justus kein Zögern mehr. Flink und geräuschlos schlüpfte er ins Innere des Campingwagens, kauerte sich neben ein paar Eimern mit Muscheln auf den Fußboden und zog sich eine fleckige Plane über den Kopf. Im nächsten Augenblick wurde die Wagentür zugeschlagen. Dann stieg der Besitzer vorn ein und ließ den Motor an.

Der Wagen rollte auf die Fahrspur. In gemächlichem

Tempo ging es ein paar hundert Meter weit nach Süden, dann wendete der Fahrer auf der Straße und beschleunigte in Richtung Norden. Justus schob die Decke weg, setzte sich auf und schaute zum Fenster hinaus. Als der Wagen an Denicolas Anwesen vorbeifuhr, konnte er Ernie sehen. Der junge Mann sah sich auf der Straße in beiden Richtungen um. Er hatte die Fäuste geballt, und man merkte ihm an, dass er fassungslos war.

Da musste Justus laut auflachen.

Auf halbem Weg durch die Stadt Oxnard, an einer Verkehrsampel, hielt der Campingwagen zum ersten Mal seit der Abfahrt von den Denicolas an. Justus war schon startbereit. In dem Augenblick, als der Wagen stoppte, war er schon zur hinteren Tür hinaus und sprang zum Gehweg.

Justus ging die Straße entlang, bog um eine Ecke und eilte weiter. Zehn Minuten später war er im Busbahnhof der Greyhound-Linie. Als der Bus nach Santa Monica losfuhr, saß Justus darin.

Er triumphierte, während der Bus zügig nach Süden fuhr. Nun gab es nicht mehr den geringsten Zweifel daran, dass die jungen Männer bei den Denicolas sich insgeheim auffällig für Mr. Bonestell interessierten. Sie wussten von dem Gespräch, das Justus gestern mit ihm geführt hatte und worin von dem Blinden die Rede gewesen war.

Doch woher wussten sie das?

Justus zog die Brauen zusammen. Mr. Bonestell musste mit jemandem gesprochen haben. War das Gracie Montoya? Stellte sie die Verbindung dar? Justus kam der Ärger hoch. Wie töricht von Mr. Bonestell, solche Dinge auszuplaudern!

Oder sollte Justus Mr. Bonestell mit seinem Verdacht Unrecht getan haben? Immerhin gibt es schlaue Erfindungen, die es auf Distanz ermöglichen, Gespräche mitzuhören.

Überlegen wir einmal, ob hier irgendwo noch eine undichte Stelle sein mag. Justus war ja mit Mr. Bonestell in der Küche allein – nur zu Anfang war dieser Shelby Tuckerman noch dabei und trank seinen Kaffee… Stilvoll ist das nicht gerade – ordinären Pulverkaffee und dazu Zucker aus einer stilvollen Dose mitten auf dem Tisch. Moment mal – hat Shelby auch vorher Zucker zum Kaffee genommen?

Der Bus fuhr schnell am Pier der Denicolas vorüber. Nun standen keine Autos mehr auf dem Parkplatz und das Bürohäuschen war leer.

Wo war Ernie? Wo waren seine Freunde? Und wo waren die Damen Denicola? Ernie hatte etwas ganz Übles vor, das war Justus klar. Dort beim Pier wurde ein Komplott geschmiedet. Waren Eileen Denicola und ihre Schwiegermutter die Opfer dieses Komplotts? Waren sie als ahnungslose Mitwisser im Wege und irgendwie beseitigt worden? Oder waren sie etwa an dem undurchsichtigen Vorhaben beteiligt?

Plötzlich bekam es Justus mit der Angst. War Mr. Bonestell nun noch in Sicherheit? Eileen und die alte Mrs. Denicola waren verschwunden. Würde Mr. Bonestell als Nächster an die Reihe kommen?

Justus stieg als Erster aus dem Bus, als sie in Santa Monica waren. Er hatte Geld bei sich und nebenan waren Taxis. Er nahm einen Wagen zum Dolphin Court.

Es war vier Uhr vierzig, als das Taxi Justus vor Mr. Bonestells Haus absetzte. Justus klingelte. Er war sehr erleichtert, als Mr. Bonestell an die Tür kam.

»Du kommst wie gerufen!«, begrüßte ihn Mr. Bonestell. Sein Blick war hoffnungsvoll, aber besorgt. »Ich hatte mir schon gewünscht, dass du dich melden würdest. Gibt es etwas Neues?«

»Ich glaube doch«, sagte Justus. Er folgte Mr. Bonestell in die Küche und setzte sich zu ihm an den Tisch.

»Mr. Bonestell«, sagte er, »mit wem haben Sie gesprochen, seit ich gestern von hier wegging?«

Mr. Bonestell war verblüfft. »Gesprochen? Na, mit niemand. Ich war ja gar nicht aus dem Haus.«

»Dann muss Sie jemand angerufen haben«, sagte Justus. »Oder es hat Sie jemand besucht.«

»Nein«, sagte Mr. Bonestell. »Es hat niemand angerufen und es war niemand da. Ich ... ich hab ja gar nicht so viele gute Freunde. Warum fragst du?«

»Weil es wichtig ist. Denken Sie nach, Mr. Bonestell. Gestern Nachmittag sprachen wir über die Denicolas und über einen blinden Bettler. Sie müssen dieses Gespräch einem Dritten gegenüber erwähnt haben. Wie sollte sonst ein gewisser Alejandro Bescheid wissen?«

Das brachte Mr. Bonestell völlig aus der Fassung. Doch er blieb bei seiner Behauptung. »Ich habe wirklich mit keinem Menschen gesprochen. Es war niemand da – niemand außer Shelby, und zu ihm sagte ich nichts. Wirklich nicht! Kein Wort! Shelby ist ja nicht – also, im Gespräch komme ich gar nicht gut mit ihm zurecht. Er tut immer so, als ob das, was ich erzähle, ihn herzlich wenig interessiere, und vielleicht trifft das ja auch zu. Jedenfalls ging er, als er gestern Abend ins Haus kam, gleich nach oben und schloss sich in seinem Zimmer ein.«

»Und Sie haben überhaupt nicht mit ihm gesprochen? Auch nicht heute früh?«

»Nein. Nur guten Tag gesagt. Das weiß ich genau.«

Justus seufzte. Er zupfte an seiner Unterlippe und schaute ratlos auf die Zuckerdose. Dann drängte sich ihm ein Bild von Shelby Tuckerman auf – Shelby mit seiner Sonnenbrille und seinem Rollkragenpullover. »Nach eurer Rechtsprechung«, hatte Shelby gesagt, ›ist ein Mensch unschuldig, bis ihm eine Schuld nachgewiesen wird.‹

»Eigenartig, dass mir das nicht früher aufgefallen ist«, sagte Justus laut.

»Was denn?«, fragte Mr. Bonestell.

»Shelby kommt nicht näher mit Nachbarn zusammen, oder?«

»Nein, ich glaube nicht«, sagte Mr. Bonestell. »Er findet, sie seien nichts Besonderes.«

»Ist er denn was so Besonderes?«, meinte Justus.

Mr. Bonestell zuckte die Achseln und Justus sah sich noch immer die Zuckerdose an. »Wann hat sich Shelby eigentlich angewöhnt, Zucker in den Kaffee zu tun?«, fragte er unvermittelt. »Das war doch nicht immer so, oder? Am ersten Abend, als wir hier waren, machte er sich eine Tasse Kaffee und trank ihn ohne Zucker.«

»Ja… richtig«, sagte Mr. Bonestell. »Das mit dem Zucker hat er erst vor ein paar Tagen angefangen. Er sagt, es regte ihn schnell an, wenn er ein Stück Zucker nehme.«

Mit blitzenden Augen griff Justus nach der Zuckerdose. Er steckte den Finger tief hinein und nahm flink ein flaches Plastikkästchen mit Löchern an einer Seite heraus.

Mr. Bonestell sah sich das Ding an. »Was ist denn das?«, fragte er.

»Ein Abhörgerät, Mr. Bonestell. Eine Wanze. Sie mussten überhaupt nicht mit Shelby reden. Solange diese Zuckerdose hier auf dem Tisch stand, konnte er alles mithören, was in diesem Raum gesprochen wurde.«

Justus ging zum Telefon in der Küche. »Shelby arbeitet bei Systems TX-4«, sagte er. »Wissen Sie die Nummer?«

Mr. Bonestell sagte ihm die Nummer und Justus wählte. Es war gerade vier Uhr neunundfünfzig, als die Verbindung zu Stande kam. Er fragte, ob er Shelby Tuckerman sprechen könne, und bekam zu hören, dass bei Systems TX-4 kein Mitarbeiter dieses Namens beschäftigt sei.

»Aber früher hat Mr. Tuckerman bei Ihnen gearbeitet«, sagte Justus. »Wann ist er denn ausgeschieden?«

»Das kann ich Ihnen nicht sagen«, erklärte die Telefonistin. »Wenn Sie am Montag früh wieder anrufen, können Sie es von der Personalabteilung erfahren.«

Justus bedankte sich und legte auf.

»Er arbeitet nicht dort?«, fragte Mr. Bonestell. »Das begreife ich nicht. Er muss doch da beschäftigt sein. Erst gestern war er für TX-4 in Fresno auf Dienstreise.«

»Das möchte ich doch sehr bezweifeln«, äußerte Justus. Er trat zum Kühlschrank und öffnete das Gefrierfach. Die Tiefkühlpäckchen, die Shelby vor einigen Tagen eingelegt hatte, waren weg. Es war ein großer Vorrat an Fertigmenüs und tiefgefrorener Pizza gewesen. Doch nun war nichts mehr übrig bis auf einen einzigen Becher mit Eiskrem in der Ecke. Justus schloss das Gefrierfach. »Da drin muss das Zeug die ganze Zeit gewesen sein«, sagte er.

»Was?«, fragte Mr. Bonestell.

»Ach, nichts«, sagte Justus. »Das heißt, ich bin nicht sicher. Und vielleicht kommen wir schon zu spät. Mr. Bonestell, sagten Sie nicht, dass Shelby Tuckerman immer seine Tür abschließt?«

»Stimmt. Shelby nimmt seine Intimsphäre sehr wichtig.«

»Eine Ausrede erster Güte«, sagte Justus trocken. »Mr. Bonestell, ich muss in sein Zimmer – und zwar sofort!«

Die Gefangenen

Justus und Mr. Bonestell holten eine Klappleiter aus der Garage und legten sie an Shelby Tuckermans Fenster an. Das Fenster war nicht verschlossen und so konnte Justus einsteigen.

Auf der Kommode stand ein Bandgerät betriebsbereit. Justus spulte das Band zurück und spielte es ab. Er hörte das Gespräch, das er soeben mit Mr. Bonestell geführt hatte. Er hörte, wie er die Telefonnummer wählte und bei TX-4 mit der Zentrale sprach. Er hörte die Kühlschranktür aufgehen und zufallen, und er hörte seine Bemerkung, es könne zu spät sein.

Justus lächelte grimmig und löschte die Bandaufzeichnung. Dann stellte er den Apparat wieder auf Aufnahme, drehte sich um und machte sich daran, ganz schnell Shelbys Zimmer zu durchsuchen.

Es war ein eigenartig unpersönlicher Raum. Keine Briefe oder Postkarten lagen auf dem Schreibtisch, keine Bücher waren auf dem Nachttisch. Es gab weder Bilder noch Topfpflanzen. Nicht einmal eine herumliegende Sicherheitsnadel ließ darauf schließen, dass hier jemand wohnte.

Justus schaute in den Kleiderschrank und sah Jacken, Hemden und Hosen. Alle Taschen waren leer. Er zog die Kommodenschubladen heraus und fand Unterwäsche, Socken und Pullover.

Doch dann sah er in der untersten Schublade, bedeckt mit zusammengelegten Pullovern, das Messer.

Es war ein sehr scharfes Messer in einer schönen, ledernen Scheide. Es war keineswegs ein Messer, das man zum Bleistiftspitzen oder Angelschnurabschneiden verwendet. Es war ein Messer, das weit eher als Wurfgeschoss taugte.

Justus ließ es liegen, wo es war. Er kletterte wieder aus dem Fenster und berichtete Mr. Bonestell, was er entdeckt hatte, während sie die Leiter wegräumten.

»Ich frage mich, ob er sich das Messer ums Bein schnallt wie die Pistole«, sagte Justus.

Mr. Bonestell schüttelte verdutzt den Kopf. »Er sagt, er brauche eine Schusswaffe, weil er so viel unterwegs sei, und weil man nie wisse, was passieren könne, wenn man mit dem Auto auf der Straße liegen bleibe. Aber ein Messer? Wozu braucht er ein Messer? Er geht ja nicht zum Camping oder so was. Eigentlich unternimmt er gar nichts. Sitzt nur vor dem Fernseher und schläft viel.«

Justus nickte. »Er benimmt sich ganz unauffällig und doch hat er seine Geheimnisse. Er hat Ihnen eine Wanze in die Küche gesetzt. Und in Ihrem Kühlschrank hatte er etwas sehr Wertvolles eingelagert.«

»Was? Dort hatte er doch nur seine Tiefkühlkost.«

»Ich glaube nicht, dass die Päckchen Essbares enthielten. Ich glaube, da war Geld drin. Vielleicht war es die Beute aus dem Bankraub.«

»Nein«, sagte Mr. Bonestell. »Das kann nicht sein. Shelby hat schon seit langer Zeit massenhaft Tiefkühlpakete hier aufbewahrt. Dabei aß er gar nicht hier im Haus. Aber anscheinend wollte er sicher gehen und immer einen Vorrat an Essbarem griffbereit haben. Er wusste, dass ich das Gefrierfach kaum benutze, also packte er es immer voll.«

»Hm!«, sagte Justus. Er zupfte an seiner Unterlippe und zog die Brauen zusammen. »Wenn er nicht zu Hause aß, was wurde dann aus den Vorräten im Gefrierfach? Hat er jemals wieder etwas herausgenommen?«

»Na, wenn du mich so fragst – ich … ich weiß es nicht, was aus all den Lebensmitteln wurde. Hin und wieder kochte er sich etwas. Und er brachte immer wohl eine Menge von dem Zeug mit, aber … aber Diebesbeute hätte es nicht sein können, es sei denn, Shelby war schon immer ein Dieb. Irgendwie traue ich Shelby das nicht zu.«

»So, so«, sagte Justus. »Dann hätte es auch Rauschgift sein können. Das würde seine Verbindung zu der Clique bei den Denicolas erklären. Die *Maria III* diente dann möglicherweise dazu, auf See andere Schiffe zu treffen. Oder sie fuhr vielleicht nach Baja California, um Drogen an Bord zu nehmen. Oder Shelby und Ernie schleusen illegale Einwanderer ein und der Blinde –«

Justus gab sich einen Ruck. »Nein«, sagte er. »Das hätte ja dann gar nichts mit dem Kühlschrank zu tun, es sei denn … also, vorerst wissen wir nichts Genaues. Wir haben nicht genügend Informationen. Noch nicht.«

»Sollen wir die Polizei verständigen?«, fragte Mr. Bonestell.

»Das würde wohl nicht viel nützen. Wie sollten wir beweisen, dass Shelby die gefrorenen Lebensmittel nicht an

Bedürftige verschenkt hat? Oder dass die Wanze in der Zuckerdose nicht einfach ein schlechter Scherz war? War Shelby nun in den Bankraub verwickelt oder ist er mit etwas völlig anderem beschäftigt? Und was ist mit den Denicolas? Wo sind die beiden? Ich habe das deutliche Gefühl, dass Shelby hier die Finger drin hat.«

Zum ersten Mal wirkte Mr. Bonestell entschlossen und sehr aufgebracht. »Da möchte ich mithelfen«, sagte er. »Was kann ich tun?«

»Eine ganze Menge«, sagte Justus und er erzählte Mr. Bonestell von seinem Plan. Bonestell stimmte eifrig zu, und er und Justus gingen ins Nachbarhaus und fragten, ob sie telefonieren könnten. Mr. Bonestell erklärte der Frau, die an die Tür kam, sein eigenes Telefon sei gestört.

Justus rief Peter in der Zentrale an, und Peter sagte zu, er werde Justus und Mr. Bonestell an der Ecke Dolphin Court und Second Street treffen.

»In zwanzig Minuten müsste ich das schaffen«, sagte Peter.

»Falls wir nicht da sind«, sagte Justus, »gehst du zur Zentrale zurück, und ich rufe dich an, sobald es mir möglich ist.«

Nach dem Gespräch mit Peter ging er mit Mr. Bonestell zurück, hinters Haus, und dort probten sie. Dann gingen sie in die Küche und lieferten der Wanze, die Justus wieder in die Zuckerdose gesteckt hatte, eine kleine Darbietung.

»Mr. Bonestell«, sagte Justus. Er achtete darauf, klar und deutlich zu sprechen. »Ich weiß, dass Sie allmählich ungeduldig werden, aber möglicherweise haben wir bald etwas Neues für Sie. Eileen Denicola kann uns vielleicht den entscheidenden Hinweis liefern. Peter war bei Hauptkommissar Reynolds in Rocky Beach, und Eileen Denicola rief an, während er dort war. Peter hat natürlich nur die eine Hälfte des Gesprächs mitbekommen, aber es wurde ihm klar, dass Mrs. Denicola ganz aufgelöst war. Der Kommissar versuchte sie zu beruhigen. Schließlich sagte er, er käme sofort hin, und er stand auf und lief aus dem Dienstzimmer.«

»Aber ich kenne doch Mrs. Denicola gar nicht«, sagte Mr. Bonestell bedächtig. »Was sollte sie mit dem Bankraub zu tun haben?«

»Da gibt es irgendeine Verbindung«, sagte Justus. »So viel wissen wir sicher. Peter will, dass wir auch zur Polizei nach Rocky Beach kommen. Er meinte, Kommissar Reynolds würde Mrs. Denicola sicher mitbringen.«

»Ich hole meine Jacke«, sagte Mr. Bonestell.

Justus schaltete in der Küche die Deckenlampe aus und er und Mr. Bonestell gingen aus dem Haus und stiegen in Mr. Bonestells kleines Auto. Mr. Bonestell fuhr zum Hof hinaus bis zur Straßenecke und parkte im Schatten einer großen Weide, deren Zweige tief über den Gehweg hingen. Und dann warteten sie.

Bald tauchte Peter mit dem Fahrrad auf. Mr. Bonestell blinkte mit den Scheinwerfern, um ihm zu signalisieren, dass sie da waren. Peter stellte sein Rad unter ein paar Sträuchern ab. Dann stieg er hinten ins Auto ein.

»Was gibt es denn?«, fragte er begierig.

»Shelby hat in Mr. Bonestells Küche eine Wanze in die Zuckerdose geschmuggelt«, sagte Justus. »Und in seinem Schlafzimmer hat er ein Tonbandgerät. Kommt dir das nicht bekannt vor?«

»Der Blinde!«, rief Peter. »Der hat doch versucht, auf dem Schrottplatz eine Wanze anzubringen. Ob Shelby ...?«

»Möglich«, meinte Justus. »Wir werden sehen.«

Dann erzählte Justus Peter von der Nachricht, die er und Mr. Bonestell auf Band hinterlassen hatten. »Die Denicolas sind verschwunden und das macht mir wirklich Sorge«, sagte Justus. »Ich hoffe, dass Shelby uns auf die richtige Fährte setzen wird, wenn er das Band abhört.«

Nun war es schon ganz dunkel. Der Regen, der sich schon am Nachmittag angekündigt hatte, fiel jetzt stetig. Auf der Second Street war wenig Verkehr und Dolphin Court war wie ausgestorben – und so blieb das bis lange nach sechs. Dann kam Shelbys Wagen um die Ecke. Mr. Bonestell und die Jungen sahen, wie Shelby in Bonestells Zufahrt einbog und dort parkte. Shelby stieg aus. Gleich darauf ging hinten im Haus das Licht an, dann auch in den vorderen Räumen. »Er sucht mich«, sagte Mr. Bonestell. »Sonst bin ich immer um diese Zeit zu Hause, außer wenn ich arbeite.«

Bald brannte auch oben Licht, in Shelbys Zimmer.

»Jetzt dauert es nicht mehr lange«, sagte Mr. Bonestell. Triumphierend rieb er sich die Hände. Justus merkte daran, wie unsympathisch Mr. Bonestell seinen Untermieter fand. Mr. Bonestells ganzes Haus war jetzt hell erleuchtet, doch da ging die Haustür auf und Shelby trat heraus. Er rannte quer über den Rasen zur Zufahrt und stieg in sein Auto. Der Motor heulte auf und Shelby fuhr im Blitzstart auf die Straße hinaus. Im nächsten Augenblick raste er an Mr. Bonestells Wagen vorüber und um die Ecke zur Second Street.

Mr. Bonestell hatte schon den Motor angelassen. Er folgte Shelby, erst auf der Second Street und dann über die Ocean Avenue und zur Uferstraße hinunter.

»Er fährt zu den Denicolas«, stellte Justus fest.

Mr. Bonestell blieb ein wenig zurück und ließ einen anderen Wagen zwischen sich und Shelby einscheren, aber er behielt Shelbys Wagen im Blick. Im dichten Regen fuhren sie immerzu nach Norden. Shelby fuhr mit der höchstzulässigen Geschwindigkeit. Im Stadtbereich von Malibu wurde er etwas langsamer, dann sofort wieder schneller.

»Klar fährt der zu den Denicolas«, sagte Justus. »Ich frage mich nur, ob ... ob ... Mr. Bonestell, kennen Sie einen gewissen Alejandro?«

»Nein. Shelbys zweiter Vorname beginnt mit A, aber ich bezweifle, dass das Alejandro heißt. Das ist die spanische Form von Alexander, nicht? Und Shelby ist doch kein Spanier oder Südamerikaner?«

Mr. Bonestell fuhr langsamer. Sie näherten sich dem Anwesen der Denicolas. Der Verkehr war schwach, und sie konnten vor sich wieder Shelbys Wagen sehen, dessen Rücklichter sich in der regennassen Straßendecke spiegelten. Nun konnten sie auch undeutlich einen hellen Kastenwagen erkennen, der am Pier der Denicolas parkte. Ehe sich Justus aber darüber wundern konnte, bremste Shelby ganz unerwartet und bog nach rechts ab, landeinwärts. Er brauste den Fahrweg zum Motel »Seeblick« hinauf.

»Das Motel!«, rief Peter, als Mr. Bonestell rasch an die Böschung heranfuhr. »Dort könnten sie sein – Eileen und die alte Dame.«

»Das hätte mir auch klar sein müssen«, sagte Justus. »Na schön. Nun wissen wir Bescheid. Mr. Bonestell, warten Sie bitte hier auf uns. Wenn wir in fünfzehn Minuten nicht zurück sind, dann gehen Sie zum nächsten Telefon und rufen Sie die Polizei an.«

»Da verlasst euch drauf!«, sagte Mr. Bonestell. »Und gebt gut auf euch Acht.«

Justus und Peter stiegen aus und blickten in die Höhe. Von dem Motel war nur eine dunkle Silhouette hoch über der Straße zu sehen. Nirgends brannte Licht. Die Jungen gingen wortlos den Weg hinauf. Mit hoch gezogenen Schultern versuchten sie sich gegen den prasselnden Regen zu schützen. Als sie oben angelangt waren und sich der Fahrweg zum Parkplatz erweiterte, fasste Peter Justus am Ärmel.

»Da ist Shelbys Wagen. Aber Shelby sehe ich nirgends.«

»Wahrscheinlich ist er im Motel«, sagte Justus.

Sie schlichen sich zur Schwimmbadanlage hinter dem Gebäude. Sobald sie das Haus zwischen sich und dem Meer hatten, waren sie immerhin vor dem Wind geschützt. Die Nacht war nicht mehr ganz so finster, weil der schräg fallende Regen nun einen Lichtschimmer widerspiegelte.

Justus streckte die Hand aus. Aus einem Fenster des Motels drang schwacher Lichtschein. Eine Lampe brannte hinter einem dicken Vorhang.

Die Jungen traten leise zu dem Fenster hin und beugten sich vor, um zu lauschen.

Und plötzlich hörte Justus etwas hinter sich. Das war nicht nur der Wind und das Geräusch des Regens. Jemand stand hinter ihm!

Justus wandte den Kopf.

»Schweig still!«, sagte Shelby Tuckerman. Er hatte seine Pistole in der Hand. »Keine Bewegung.«

Und dann rief Shelby laut.

Die Tür des Motelraums ging auf. Licht strömte heraus. Im Türrahmen stand einer von Ernies Hausgenossen – der eine, der den ganzen Nachmittag über nicht zu sehen gewesen war. Und auch er hatte eine Waffe.

»Rein mit euch beiden!«, gebot Shelby.

Justus und Peter traten in ein Zimmer, das fürchterlich nach Zigarettenqualm stank. Eileen Denicola saß auf einem kleinen, unbequemen Stuhl, die Handgelenke an die Armlehnen gefesselt. Sie war bitterböse. Ihre Schwiegermutter war an einen Sessel beim Bett gefesselt.

Shelby kam tropfnass ins Zimmer und Ernies Freund schloss die Tür.

»Hallo!«, sagte eine wohl bekannte Stimme.

Dort in der Ecke hinter der Tür, ebenfalls an einen Stuhl gefesselt, saß Bob Andrews!

Ein Albtraum wird wahr!

»Dein Gefasel mit Walter von der Polizei«, sagte Shelby Tuckerman, »das war doch ein Trick, oder? Das habt ihr einstudiert.«

»Und Sie führten uns hierher«, sagte Justus.

Er und Peter wurden zum Hinsetzen gezwungen. Ernies Freund, der sich Luis nannte, hatte die Waffe weggelegt und noch zwei Stühle aus einem anderen Motelzimmer geholt. Er band Justus und Peter mit Streifen aus Bettlaken daran fest, während Shelby die Pistole im Anschlag hielt.

»Wird euch nicht viel nützen«, sagte Shelby. »Wo ist Walter? Wartet er an der Straße auf euch?«

Justus gab keine Antwort. Shelby verzog den Mund zu einem bösen Lächeln. »Wir werden dafür sorgen, dass er nicht zu lange wartet«, sagte er. »Ich möchte keinesfalls, dass er nervös wird.«

Luis hatte die Jungen nun gefesselt. Shelby legte seine Waffe weg, dann sprach er hastig ein paar Worte Spanisch mit Luis.

Noch während er redete, klopfte es zweimal schnell an die Tür, dann noch zweimal. Ernie öffnete und kam herein. Er blieb verdutzt stehen, als er Peter und Justus sah.

»Was sollen die beiden nun auch noch hier?«, wandte er sich aufgebracht an Shelby. »Einer war schon schlimm genug. Na, sei's drum. Du kümmerst dich um sie. Ich wollte Luis mitnehmen. Das Boot ist schon fast ganz beladen. Strong fährt gerade wieder weg und Rafi erledigt den Rest.«

Bob murmelte seinem Nebenmann Justus zu: »Strong ist ein Möbelspediteur aus Oxnard. Ich habe heute Nachmittag beobachtet, wie er einen Wagen beladen hat. Eine von den Kisten ist aufgeplatzt. Es war Munition drin.«

»Munition!«, rief Justus. »Und bestimmt auch Waffen.« Er sah zu Shelby Tuckerman auf. »Ich dachte, es geht vielleicht um Drogen«, sagte er. »Ich dachte, Ernie und seine Freunde benutzen die *Maria III* für irgendwelche Schmuggelgeschäfte mit Rauschgift.«

»Nur über meine Leiche!«, schrie Eileen Denicola empört. »Wenn ihr meint, dass Ernie dieses Boot jemals auch nur einen Handbreit vom Dock weggefahren hat, ohne dass ich mit drin saß, dann irrt ihr euch gewaltig!«

Ernie grinste. »Wir übernehmen aber jetzt das Boot, Mrs. Denicola«, sagte er. »Und Sie werden nicht an Bord sein.«

»Es werden Waffen an Bord sein«, sagte Justus. »Und das war natürlich der Anlass für den Bankraub. Sie brauchten das Geld für den Waffenkauf. Was läge näher für eine Bande Terroristen? Sie werden die Ladung nach Venezuela verschiffen, damit die Geheimorganisation *Mesa d'Oro* neue Mitglieder mit Waffen ausrüsten kann.«

Ernie richtete sich zu seiner vollen Größe auf und machte eine überlegene Miene. »Wir dienen dem Kampf für die gerechte Sache«, sagte er.

»Und die ›Sache‹ dient Kriminellen und Verführten zur Selbstbestätigung!«, rief Justus.

»Hör nicht auf ihn, Ernesto«, sagte Shelby. »Was der Junge denkt, spielt doch keine Rolle.«

Justus wandte sich an Shelby. »Sie waren der Bettler mit dem Narbengesicht«, sagte er. »Sie haben sich maskiert, um bei der Bank Schmiere zu stehen, ohne dass Mr. Bonestell Sie erkennt. Sie wussten von dem Tresorraum mit dem Zeitschloss, und Sie wussten, dass Mr. Bonestell nach dem Weggang der Putzkolonne allein in der Bank sein würde. Wären Sie nur nicht so habgierig gewesen! Am Tag vor dem Geldraub fanden Sie bei den Denicolas Mr. Hitfields Brieftasche. Es war eine kostbare Brieftasche, und statt sie abzugeben oder in einen Briefkasten zu werfen, steckten Sie sie ein und behielten sie für sich. Aber dann haben Sie sie am Tatort wieder verloren und sie führte uns geradewegs hierher zum Dock.«

»Ich ... ich wollte sie ja abgeben«, sagte Shelby.

Luis sah Ernie an, dann Shelby, dann wieder Ernie. Er sagte etwas auf Spanisch und Ernie gebot ihm Schweigen.

»Aha, der Blinde hatte eine Brieftasche gefunden«, sagte Ernie. Sein Blick war streng und anklagend. »Für eine Brieftasche hast du unsere Sache riskiert? Ist das wahr?«

»Ach was!«, fuhr Shelby auf. »Ich sagte doch, ich wollte sie in einen Briefkasten werfen. Stehen wir doch hier nicht herum und streiten uns. Der alte Mann ist vorn an der Straße und –«

»Warum hast du die Brieftasche nicht mir gegeben?«, rief Ernie. »Ich hätte Mr. Hitfield angerufen und der Fall wäre erledigt gewesen. Es hätte keinerlei Anlass gegeben, dass diese Bengel uns auf den Leib rücken!«

»Ich sag dir doch, es spielt keine Rolle«, entgegnete Shelby trotzig. »Du bist ja bald über die Grenze. Ich werde mich schon um die Jungen hier kümmern!«

»Und Sie wollen also nicht verreisen, Mr. Tuckerman?«, fragte Justus. »Ich kann mir denken, weshalb. Sie wollen hierbleiben und sich einen Teil der Beute unter den Nagel reißen, stimmt's? Sie würden dieses Geld höchst ungern den Zwecken der *Brigade Mesa d'Oro* opfern.«

Ernie starrte Shelby fassungslos an, und Shelby wurde rot, dann wieder blass, bis sein Gesicht kalkweiß war. Damit war klar, dass Justus den Nagel auf den Kopf getroffen hatte.

»Hör mal, was soll das?«, fragte Ernie. In seiner Stimme lag jetzt eine Drohung.

»Das Geld ist aufgebraucht, wir mussten ja die Waffen bezahlen!«, wehrte sich Shelby. »Das weißt du genau, Ernesto!«

»Ich weiß nur von zweihunderttausend Dollar«, sagte Ernie. »Heute Nachmittag hast du die Hälfte davon Strong übergeben. Und heute Abend bekam er von mir die andere Hälfte. Aber was ist mit dem Rest des Geldes aus der Bank? Du sagtest, du hättest es an Rodriguez geschickt, aber ich sehe dir doch an, dass das nicht stimmt. Wir sollten uns keine Gedanken machen, hast du gesagt. Immer warst du der große Macher. Du hast dich um die Perücken und die Verkleidung gekümmert und um das Fluchtauto und das Geld. Und wir haben dir vertraut. Du warst schon so lange unser Kurier. Du hast das Geld an dich genommen, das wir für Rodriguez und die *Mesa d'Oro* gesammelt hatten, und du sagtest immer, das sei für dich nichts Besonderes. Du sagtest, genauso gut könntest du Kohlköpfe oder einfach Papierbündel befördern. Es sei für dich eben ein Auftrag. Na, und nun ist wohl eine Menge von dem Geld an deinen Händen kleben geblieben, wie?«

»Wie kannst du es wagen?«, schrie Shelby. »Erklär mir das mal näher!«

»O nein. *Du* wirst das näher erklären müssen«, sagte Ernie. »Du kommst heute noch mit uns und dann wirst du Rodriguez' Leuten in Mexico City Rede und Antwort stehen. Und vielleicht kommst du auch mit bis zum Ziel, bis Venezuela, und –«

»Mach dich nicht lächerlich!«, rief Shelby. »Ich kann heute Nacht nicht weg! Ich muss hier noch wichtige Dinge erledigen! Meine Mission ist noch nicht zu Ende!«

»In Mr. Bonestells Haus befinden sich mindestens fünfzigtausend Dollar«, warf Justus ein.

»Du lügst!«, brüllte Shelby. Plötzlich wandte er sich an die alte Mrs. Denicola. »Du alte Hexe!«, schrie er sie an. »Das hast du wohl auch noch geträumt, was? Und das hast du diesem Jungen erzählt und …«

»Mrs. Denicola hat mir gar nichts erzählt«, sagte Justus. »Aber ich kann Ihrem Freund Ernesto sagen, wo das Geld ist. Es ist im Gefrierfach in Mr. Bonestells Kühlschrank, in einer Eiskrempackung versteckt!«

Shelby machte zwei rasche Schritte durchs Zimmer und verabreichte Justus eine schallende Ohrfeige.

Ernie schüttelte den Kopf. »Das war aber unklug von

dir, mein Freund«, sagte er. »Nun musst du auf jeden Fall mitkommen. Aber vorerst reden wir nicht mehr davon, ja?«

Shelbys Hand zuckte zu seiner Jacke. Dunkler Stahl blitzte auf und Shelby hatte seine Pistole in der Hand.

»Aha, so ist das also!«, sagte Ernie.

Luis hatte sich die Sache ruhig angesehen, unbemerkt im Hintergrund. Jetzt kam Bewegung in ihn. So rasch, dass Shelby nicht mehr reagieren konnte, trat Luis hinter ihn. Seine Hände schlossen sich um Shelbys Kehle. Shelby stieß einen kurzen Schrei aus, ließ die Waffe fallen und sank auf dem Fußboden zusammen.

Ernie trat vor, hob die Pistole und richtete sie auf Shelby. Shelby stöhnte und setzte sich auf und Luis riss ihn auf die Beine hoch. Gleich darauf waren die Männer draußen. Schon liefen sie den Hang hinunter und der Regen trommelte aufs Dach, und Eileen Denicola zerrte an ihren Fesseln.

»Ich habe sie hingehalten, so lange ich konnte«, sagte Justus. »Ich hoffe, Mr. Bonestell ist rechtzeitig losgefahren, so dass er die Polizei verständigen konnte. Höchste Zeit, dass die Burschen geschnappt werden, ehe sie vom Pier ablegen.«

»Ich glaube nicht, dass es dazu kommen wird«, sagte die alte Mrs. Denicola. »Ich glaube, es muss noch etwas geschehen, ehe die Polizei kommen kann – und ehe wir diesen Raum verlassen können.«

»Was denn?«, fragte Eileen. Dann stockte ihr der Atem. Da war ein neues Geräusch zu hören – ein Geräusch, das nicht vom Unwetter herrührte, sondern aus der Erde selbst drang. Es war ein ächzender Laut. Irgendwo in der Nähe zersprang klirrend eine Fensterscheibe.

»Heiliger Patrick!«, keuchte Eileen Denicola.

»Mein Traum!«, flüsterte die alte Frau. »Die Gefahr. Der Raum, der über dem Jungen und mir einstürzt!« Sie schloss die Augen und begann hastig auf Italienisch zu beten.

Im Gebälk ächzte es wieder und noch mehr Scheiben zerbrachen. Doch es war kein Erdbeben, wie Bob erst gedacht hatte. Zoll für Zoll rutschte der aufgeweichte, regendurchtränkte Berghang unter dem Gebäude weg!

Ein turbulentes Ende

Die Wände wackelten!

Lampen wurden zu Boden geschmettert, und ein Funkenregen sprühte auf, als die Stromleitungen abrissen.

»Wenn nur kein Feuer ausbricht!«, flehte Eileen Denicola zum Himmel. »Nur das nicht – kein Feuer!«

Noch mehr Funken flogen, blau-weiß verglühten sie im Flug. Dann war alles dunkel, und man hörte nur das Ächzen des Gebälks und das Quietschen von Nägeln, die es aus dem Holz riss.

Noch ein Beben der Wände und die alte Mrs. Denicola schrie laut auf.

»Hilfe!«, brüllte Peter vor Entsetzen. »Hallo, helft uns doch!«

Niemand antwortete. Niemand kam zu Hilfe.

»Der ganze Hang wird gleich abrutschen!«, sagte Eileen Denicola.

Kaum hatte sie ausgesprochen, als das Gebäude noch ein weiteres Stück in Bewegung geriet. Im Dunkeln stürzten die Stühle um. Peter wurde gegen das Bett geschleudert und Justs Stuhl kippte zur Seite um.

»Mrs. Denicola!«, rief Justus. »Was ist mit Ihnen?«

»Wenn du mich meinst – mir war es schon wohler«, sagte die alte Dame. »Eileen, wo bist du?«

»Auf dem Boden«, sagte Eileen.

»Die Polizei kommt bestimmt bald!«, sagte Justus. »Mr. Bonestell muss ja die Sache inzwischen gemeldet haben. Bob, was ist mit dir? Und du, Peter?«

»Alles klar«, keuchte Bob.

»Bin auch noch da«, sagte Peter.

Sie warteten und horchten. Justus hörte das Wasser rinnen – dieser Laut war näher als der Regen, der aufs Dach trommelte. Er lag auf der Seite, und die Arme schmerzten ihn, wo sie an den Stuhl gefesselt waren. Er spürte Nässe und roch einen schlammigen, chemischen Geruch. Er wusste nicht gleich Bescheid, doch dann schloss er voll Entsetzen und Verzweiflung die Augen.

Das Schwimmbad geriet aus den Fugen. Es war das Wasser aus dem Becken, das jetzt durch den Raum strömte. Wenn das Becken wirklich nicht standhielt, würde das Wasser tonnenweise – tausende und abertausende von Litern – auf sie hereinbrechen!

»Mann, wo kommt nur all das Wasser her?«, fragte Peter im Dunkeln.

Eileen Denicola hatte auch begriffen, was sich abspielte. Sie begann laut um Hilfe zu rufen.

Plötzlich drang ein Antwortruf aus dem gefährlichen, abschüssigen Gelände draußen zu ihnen.

»Dort drüben!«, schrie jemand. »Sie sind da drüben.«

Jemand versuchte die Tür zu öffnen, aber sie klemmte.

Noch einmal erzitterte der ganze Raum und die Fensterscheibe an der Wand zum Schwimmbecken splitterte und krachte ins Zimmer. Dann wurde es hell. Zwei Männer mit Fackeln waren am Berg. Wieder riefen sie und ins Zimmer ergoss sich noch ein Schwall Wasser.

»Mrs. Denicola!«, brüllte Justus. »Holt Mrs. Denicola heraus!«

Ein Polizist stieg durchs Fenster ein, gefolgt von einem Feuerwehrmann. Als der Feuerwehrmann die Jungen und die Frauen sah, alle noch an die Stühle gefesselt, sagte er: »Was zum …«

Dann ging alles ganz schnell. Im Nu hatten die beiden Männer die alte Frau herausgeholt. Noch immer an ihren Stuhl festgebunden, unter lautem Beten, wurde sie ins Freie geschleppt. Weitere Helfer rückten an, Eileen wurde hinausgetragen und schließlich waren die Jungen an der Reihe. Sekunden später waren sie von ihren Fesseln befreit und stolperten hastig den Hang hinunter. Sie stürzten und wurden wieder aufgehoben und weitergeführt.

Auf der Straße war der Durchgangsverkehr gesperrt. Die Nacht war von Motorengeräusch erfüllt und Scheinwerfer zuckten über den Hang. Schon hatte man Warnleuchten und Abschrankungen aufgestellt. Die Retter brachten eilends die Jungen und die Damen Denicola über die Straße in Sicherheit.

»Ich hab Bescheid gesagt, dass ihr da oben seid!« Das war Mr. Bonestell. Er hatte sich einen Weg an der Abriegelung vorbei erkämpft, und er sprang aufgeregt herum, bis er nun Justus die Hand schütteln konnte. »Ich sagte denen, dass ihr da oben seid! Nun seid ihr gerettet! Gott sei Dank!«

»Das Boot!«, rief die alte Mrs. Denicola. Sie zeigte aufs Meer hinaus.

Das Haus der Denicolas lag im Dunkeln und ebenso das Büro. Von dem weißen Möbelwagen am Ende des Piers war nichts mehr zu sehen. Doch ein paar hundert Meter hinter dem Pier blinkten die Lichter der *Maria III.*

»Diese ... diese Piraten!«, schrie Eileen Denicola. Sie sah starr zur *Maria III* hinaus. »Wenn die glauben, sie können sich davonmachen ...«

Sie rannte auf den Pier los.

»Kommt mit!«, rief Peter. Er packte Bob am Arm und lief der Frau nach.

»Mr. Bonestell, fordern Sie bei der Polizei die Küstenwache an«, sagte Justus. »Die Männer auf diesem Boot sind Waffenschmuggler!«

»Ich werde dann alles erklären«, sagte die alte Mrs. Denicola energisch. Justus nickte und rannte den anderen hinterher. Eileen lief ins Büro und griff sich einen Schlüssel, der in einer Schreibtischschublade lag. Sie wies Peter an, ein paar Ruder aus dem Schrank hinter dem Büro zu holen. Von der Straße drangen Rufe herüber, und Motoren heulten auf, als die Feuerwehrleute ihre Fahrzeuge in Sicherheit brachten. Nun kam der Hang endgültig ins Rutschen und das Motel wurde unter Krachen und Splittern mitgerissen. Schutt und Trümmer fielen auf die Zufahrt. Das Schwimmbecken wurde vollends eingedrückt und schlammige Fluten ergossen sich hangabwärts bis über die Straße.

Eileen und die Jungen warfen nur noch einen kurzen Blick auf das Chaos. Dann wandte sich die Frau ab und rannte auf das regenüberströmte Dock hinaus. Die Jungen liefen ihr nach.

»Wir nehmen Hitfields Rennboot!«, rief Eileen. »Damit holen wir die *Maria* spielend ein!«

Sie stiegen in das bereitliegende Ruderboot. Peter nahm die Ruder und hielt kräftig auf die Boje zu, wo das Rennboot vertäut war.

»Jetzt sehe ich die Lichter der *Maria* nicht mehr«, sagte Eileen Denicola.

»Sie hält sich dicht an der Küste«, sagte Justus.

»Ernie ist ein ganz miserabler Steuermann«, sagte Eileen. »Er wird sie noch auf die Felsen setzen.«

Nun waren sie beim Rennboot und deckten rasch das Ruderhaus ab. Mrs. Denicola stieg ins Boot, die Jungen kletterten hinterher, und Justus machte das Ruderboot an der Boje fest. Der Motor spuckte und knatterte und packte es schließlich. Dann flitzten sie in der dunklen Regennacht mit harten Hüpfern übers Wasser. Der Bug des Boots klatschte gegen die Wellen, so dass es hallte wie Gewehrschüsse. Eileen Denicola hielt mit beiden Händen das Steuer gepackt, und die Jungen klammerten sich an der Bordwand fest, um nicht den Halt zu verlieren.

Die Lichter am Ufer verschwammen schon in der Ferne. Da sichtete Bob andere Lichter – vor ihnen.

»Da ist sie ja!«, rief er.

»Aha!« Eileen Denicola holte das Letzte aus dem Motor heraus.

Einen Augenblick später wurden sie durch gleißendes Licht geblendet. Über ihren Köpfen hörten sie einen Hubschrauber knattern. Dann wurde es wieder dunkel, während die Suchscheinwerfer des Hubschraubers weiter über das schwarze Wasser hinglitten.

»Die Küstenwache!«, sagte Mrs. Denicola.

Die Lichter auf der *Maria III* erloschen und das große Fischerboot war nur noch als schwarzer Umriss in der Nacht zu erkennen. Doch das Rennboot war jetzt ganz nahe, und Eileen und die Jungen konnten die hohen Wellen sehen, die das Fischerboot hinter sich aufwarf.

»Verdammt!«, schrie Eileen. »Die steuern ja aufs offene Meer hinaus! Die Halunken! Die wollen abhauen!«

Sie riss das Rennboot herum. Der Motor heulte auf und das kleine Boot schoss durch das Kielwasser der Maria. Dann war der Rumpf des großen Fischerboots neben dem Rennboot und jemand feuerte vom Deck der *Maria* einen Schuss ab.

»Feiglinge!«, brüllte Mrs. Denicola.

Das Rennboot überholte mit Vollgas das größere Schiff und setzte sich vor dessen Bug.

Die *Maria* drehte ab und verlangsamte das Tempo.

Jetzt hatte der Scheinwerfer der *Maria* sich an das Rennboot herangetastet. Ein weiterer Schuss kam vom Boot. Er verfehlte sein Ziel und klatschte ins Wasser, ohne Schaden anzurichten. Und dann war der Hubschrauber wieder da und sein starker bläulich-weißer Strahl ortete die *Maria III.*

»Jetzt ist sie dran!«, sagte Justus, als der Hubschrauber die *Maria* in seinem Lichtkegel gebannt hatte. Er sah zum Ufer hin. Die Lichter drüben waren wieder viel näher.

»Verflixt!«, sagte Eileen Denicola. »Wo bleibt nur der Kutter der Küstenwache?«

Die *Maria* hatte von neuem beschleunigt. Wieder und wieder drehte sie bei, als könne sie den über ihr hängenden Hubschrauber abschütteln. Dann richtete sich der Bug wieder gegen die offene See und das Schiff versuchte in die Freiheit auszubrechen.

Eileen Denicola lachte lauthals und hielt mit dem krängenden Rennboot auf das große Boot zu. Wieder setzte sich das Rennboot vor die *Maria* und wieder musste der

Mann am Ruder beidrehen, um eine Kollision zu vermeiden.

Justus sah zur Linken weiße Gischt und hörte das Tosen der Brandung.

»Aufpassen!«, schrie Peter.

Mrs. Denicola riss hart am Ruder und das kleine Boot legte sich schräg und kam auf den Wellen fast ins Schleudern. Dann waren sie wieder draußen im Dunkeln und machten ungehinderte, sichere Fahrt.

Doch die *Maria III* prallte mit einem schürfenden, mahlenden Krachen, das fast den ganzen Schiffsboden herausriss, gegen die Klippen.

Das große Fischerboot hob sich halb aus dem Wasser und schlug dann zur Seite um. Die Männer an Deck schrien und wurden haltlos hin und her geworfen. Die Insassen des Rennboots sahen helle Flammen auflodern.

»Sie brennt«, sagte Eileen Denicola.

Plötzlich waren die Rufe und der Motorenlärm verstummt. Das Rennboot dümpelte im Leerlauf auf den Wellen und Eileen Denicola weinte. Tränen liefen ihr über die Wangen herunter und glitzerten im Feuerschein, der von dem gestrandeten Fischerboot herüberleuchtete. »Da ist wohl eine Treibstoffzuleitung gerissen«, sagte sie.

Ein Mann sprang vom Deck der *Maria* ins Wasser, ein zweiter folgte und dann kamen noch zwei hinterher.

»Hol mal den Bootshaken«, gebot Mrs. Denicola. »Haltet ihn bereit. Wenn jemand hier an Bord klettern will, ziehst du ihm eins über.«

»Ja, mach ich«, sagte Peter.

Ein Schwimmer kam durchs Wasser geplatscht. »Unter den Sitzen sind Schwimmwesten«, sagte Mrs. Denicola.

Justus warf jedem der Schiffbrüchigen eine Schwimmweste zu, sobald der Empfänger nahe genug an das Rennboot herangekommen war. Ernie versuchte ganz nahe heranzuschwimmen und Peter schwang drohend den Bootshaken. Da wussten alle vier Männer Bescheid und hielten sich fern. Bob fand ein Ende Tau, woran sich die Männer im Wasser festhalten konnten. Da trieben sie nun, von den Wellen geschaukelt, und schauten zur *Maria* hinüber.

Auf dem Fischerboot loderte ein gewaltiges Feuer, das die Nacht zum Tage machte. Dann gab es eine Explosion. Ein Teil des Schiffsrumpfs flog durch die Luft und das Boot rutschte von den Klippen ab und versank wie ein Stein.

Als der Kutter der Küstenwache eintraf, war das Rennboot noch zur Stelle. Vier junge Männer, die sich an Schwimmwesten über Wasser hielten, trieben daneben.

Von der *Maria III* und ihrer gefährlichen Ladung war nichts übrig als ein paar Trümmer, die auf den Wellen tanzten.

Man trifft sich in Charlie's Place

Eine Woche nach dem Untergang der *Maria III* machten die drei ??? wieder eine Fahrt nach Norden. Sie kamen durch Malibu und bogen von der Hauptstraße zum Cypress Canyon Drive ein. Albert Hitfield erwartete sie schon vor »Charlie's Place«, dem alten Restaurant. Und er hatte zu dem Treffen auch seinen alten Freund Alfred Hitchcock eingeladen. Für einen kurzen Besuch hatte der große Filmregisseur sich freimachen können; nach dem

Essen wollte er hereinschauen. Mittlerweile tischte Don, der Vietnamese, drinnen im großen Saal mit dem Ozean-Panorama ein Festmenü auf.

»Amerikanische Superleckerbissen für amerikanische Superhelden!«, verkündete Don. »Mr. Goobers Sandwiches mit schaumzarter Erdnussbutter-Creme über türkischem Honig. Die Knackig-Schmackigen, Saftwürstchen, wie aus Omas Fleischerei. Hamburger auf Weizengold-Vollkornsemmeln mit süßsaurer Picky-Pickle-Würzsauce.«

Don strahlte übers ganze Gesicht und ging unter vielen Verbeugungen rückwärts aus dem Raum.

Mr. Hitfield seufzte. »Wenn man Don in einen Supermarkt schickte, wo es keine Markenware gibt, wie er sie aus dem Fernsehen kennt, wäre er völlig hilflos. Er wäre zum Einkaufen überhaupt nicht fähig.«

»Das sieht aber alles köstlich aus«, sagte Bob höflich.

Mr. Hitfield verzog das Gesicht. »Also dir würde das tatsächlich schmecken – Sandwich mit Erdnußbutter-Creme über türkischem Honig?«

»Na ja«, meinte Bob. »Auf das Sandwich bin ich nicht so scharf, aber Würstchen esse ich immer gern.«

»Und Hamburger«, sagte Peter. »Mit Würzsauce!«

»Dann greift nur zu«, sagte Mr. Hitfield.

Würstchen und Hamburger waren sehr schnell verschwunden, aber die Platte mit den Erdnuß-Honig-Sandwiches blieb unangetastet. Peter schaute sich das Angebot skeptisch an. »Vielleicht sollten wir davon auch etwas essen«, sagte er. »Don war doch so... so stolz darauf.«

»Früher oder später muss sich Don mit der Wirklichkeit anfreunden«, sagte Mr. Hitfield. »Es wird ihm nicht schaden, wenn er lernt, dass sich Amerikaner nicht nur von Erdnussbutter, Limonade und Häppchen ernähren.«

Von draußen war das Geräusch eines Wagens zu hören, der vor dem Haus zum Stehen kam. Mr. Hitfield und Bob sprangen gleichzeitig auf und liefen hinaus, um den hohen Besuch in Empfang zu nehmen. Peter half Don beim Abräumen des Tisches und Justus rückte noch einen großen, bequemen Sessel heran.

Gleich darauf trat Alfred Hitchcock ein, gefolgt von Mr. Hitfield und Bob. Justus und Peter standen zur Begrüßung rasch auf, aber bald hatten alle am Tisch Platz genommen.

»Ich höre da über meinen Freund von einer Brieftasche und einem Mann mit Narbengesicht«, äußerte Alfred Hitchcock. »Nun bin ich aber wirklich neugierig.«

»Ich auch«, schaltete Mr. Hitfield sich ein. »Ich habe schon ein paar Mal mit Mrs. Denicola gesprochen, aber die Dame hat ein Temperament – passt genau zu ihrem roten Haar. Gleich wenn von Ernie Villalobos und seinen Freunden die Rede ist, wird sie so fuchsteufelswild, dass sie nichts Vernünftiges mehr herausbringt. Sie speit nur noch Gift und Galle. Ich glaube, sie ist bitter enttäuscht.«

»Weil ihr Boot gesunken ist?«, fragte Peter.

»Nein – weil die Polizei nicht zulässt, dass sie sich Ernie vorknöpft und persönlich mit ihm abrechnet.«

Justus musste lachen. »Die Dame hat einen eisernen Willen, und sie mag es eben gar nicht, wenn sie von anderen hereingelegt wird.«

»Wer mag das schon?«, fragte Mr. Hitfield. »Jedenfalls verschlägt es ihr vor Wut andauernd die Sprache, und im Übrigen ist sie vollauf damit beschäftigt, sich wegen der *Maria III* mit der Versicherung herumzustreiten und den Kauf der *Maria IV* zu tätigen. Da dachte ich mir, ihr Jungen könntet mich über den Fall besser ins Licht setzen. Nachdem ich nun so viele Jahre lang Detektiv war, reizt es mich schon sehr, mehr zu erfahren, als in den Zeitungen steht.«

»Hätten Sie gern einen Durchschlag meines Protokolls zu dem Fall?«, fragte Bob.

»Aber gern – das ehrt mich«, antwortete Mr. Hitfield. Er nahm einen dünnen Aktenhefter entgegen, während Alfred Hitchcock nach dem etwas dickeren Original griff. Dann begannen die beiden Männer Bobs Niederschrift über den geheimnisvollen Bettler und die fanatischen Glaubensbrüder von *Mesa d'Oro* zu lesen.

Eine Zeit lang war im Raum außer dem Brausen des Verkehrs auf der Küstenstraße nichts zu hören. Mr. Hitfield war noch in die Notizen vertieft, als Alfred Hitchcock aufsah und in die Ferne schaute, hinaus in die Baumwipfel und auf das Meer dahinter.

»In manchen Situationen«, sagte er, »muss man für die kleinen Laster des Menschen geradezu dankbar sein. Wäre Shelby Tuckerman nicht so habgierig und kleinlich gewesen, dann hätte er diese Brieftasche nicht behalten, und ihr hättet nicht zufällig den Plan der Waffenschmuggler aufgedeckt. Wie viele Menschen wären noch ums Leben gekommen, wenn diese Lieferung ihr Ziel erreicht hätte? Das werden wir nie erfahren.«

Justus nickte. »Es wird schwierig sein, Leuten wie Ernie auf Dauer das Handwerk zu legen. Eine Schiffsladung Waffen haben wir immerhin gestoppt.«

Mr. Hitfield war nun mit dem Lesen ebenfalls fertig. »Ich nehme an, Mr. Bonestell wird nun nicht mehr verdächtigt«, sagte er. »In den Presseberichten tauchte sein Name gar nicht auf.«

»Man hatte ihn nie ernstlich verdächtigt«, sagte Justus, »und Ernie und seine beiden Freunde haben ihn nun von jeglichem Verdacht befreit. Sie sind ungeheuer wütend auf Shelby und sie haben gründlich ausgepackt. Ihnen ist mittlerweile aufgegangen, dass Shelby ein Lump ist, dass er das Spionieren und die Kurierdienste nur zum Schein ernst nahm. Es gab viele Gruppen wie die um Ernie, die sich für die Aktion *Rückkehr für Rodriguez* oder gar für die kriminellen Ziele der *Mesa d'Oro* einspannen ließen. Shelby hat jeweils von den Anführern das Geld kassiert, es als Tiefkühlpäckchen in Mr. Bonestells Haus gebracht und dort im Kühlschrank verstaut. Und etwa einmal im Monat flog er dann nach Mexico City, um das Geld Rodriguez' Leuten zu übergeben. Ernie und seine Spießgesellen vermuten jetzt, dass Shelby jedesmal einen Teil des Geldes auf sein eigenes Bankkonto abzweigte – und dieser Verdacht trifft höchstwahrscheinlich zu.«

»Shelby und Alejandro sind ein und dieselbe Person, stimmt's?«, fragte Alfred Hitchcock.

»Alejandro ist sein zweiter Vorname«, erklärte Justus. »Seine Mutter stammte aus Venezuela. Sie gehörte zu den Terroristen bei *Mesa d'Oro,* musste aber ins Ausland flüchten und heiratete dann einen Amerikaner namens Tuckerman. Shelby bekam seinen Vornamen nach seinem Vater und nach Alejandro, dem Vater seiner Mutter. Obwohl Shelby Amerikaner ist, hat ihn seine Mutter in der Überzeugung erzogen, dass er hier, im Exil, zur Elite der Glaubensgemeinschaft *Mesa d'Oro* zählt und dass die Sache in der alten Heimat jeden Einsatz wert ist. Shelbys Mutter war sehr tatkräftig. Sie hielt flammende Reden bei Spendensammlungsaktionen und brachte viel Geld für die Zwecke des Kreises um Rodriguez zusammen. Als sie vor ein paar Jahren starb, versuchte Shelby ihre Nachfolge anzutreten und es ihr gleichzutun. Doch er besaß nicht ihre Ausstrahlung. Er hatte kein Talent dazu, den Leuten mit schönen Worten ihr letztes Geld aus den Taschen zu ziehen. Also übernahm er stattdessen Kurierdienste.«

»Woher wusstest du denn, dass er einen Teil der Diebesbeute aus der Bank für sich behalten hatte?«, fragte Mr. Hitfield.

»Ich wusste es überhaupt nicht, aber die Vermutung schien mir nahe liegend. Ich musste ja irgendetwas vorbringen und damit Ernie und Shelby hinhalten, denn nur dann konnte Mr. Bonestell es schaffen, die Polizei zu verständigen. Und ich hatte auch Angst davor, was Shelby tun könnte, wenn Ernie mit der *Maria* wegfahren und Shelby hierlassen würde. Wir und die Denicolas hätten ihn durch unsere Aussage belasten können, nicht? Es sei denn, Shelby hätte erst Mr. Bonestell und dann uns alle unschädlich machen können ...«

In gerechtem Zorn hielt Justus inne.

»Ja«, sagte Alfred Hitchcock. »Eure Lage war ziemlich heikel. Wahrscheinlich habt ihr Glück gehabt, dass Ernie Shelby mitnahm, als er an Bord der *Maria III* ging.«

»Das ist mir schon lange klar, dass wir Glück hatten«, sagte Bob. »Schließlich war es Shelby selbst, der mich zu dem Motel gebracht hatte. Er entdeckte mich auf Strongs Gelände, als er mit der ersten Hälfte der Kaufsumme hinkam. Junge, war der böse! Ich hörte ihn mit Ernie herumstreiten, was nun mit mir zu tun wäre. Ernie war es egal – er würde ja demnächst das Land verlassen. Aber Shelby ließ nicht locker. Er wollte Ernie mit allen Mitteln überreden, mich auf das Schiff mitzunehmen und auf See über Bord zu werfen!«

Mr. Hitfield schnitt eine Grimasse. »Ihr Jungen hättet ihm natürlich die Hölle heiß machen können. Aber gab es denn nun einen stichhaltigen Beweis dafür, dass er an diesem Bankraub beteiligt war?«

Peter lachte schadenfroh. »Ja, eben – im Eiskrem-Karton, wie Justus richtig getippt hatte. Shelby sollte mehrere Schmuckstücke, die Ernie bei dem Raubzug aus den Schließfächern der Bank entwendet hatte, zu Geld machen. Aber Shelby wollte die schönsten Exemplare lieber für sich behalten, und die waren im Gefrierfach, wo sie die Polizei auch prompt gefunden hat. Die Eigentümer konnten die Stücke identifizieren. Und im Kofferraum von Shelbys Wagen fand die Polizei auch die Schminke und die Perücken. Shelby hielt es für einen kühnen und dramatischen Effekt, beim Schmierestehen in der Maske des Terroristen Altranto aufzutreten.«

Mr. Hitfield lachte. »Ich muss sagen, ich bin recht froh, dass das ein Fall von euch und nicht von mir war«, sagte er. »Shelby ist ein solcher Hochstapler und Schauspieler – man kann kaum glauben, dass es ihn wirklich gibt.«

»Natürlich gibt es ihn«, sagte Justus. »Genau wie Ernie und seine Freunde. Aber die ziehen zur Zeit auch ihre ganz große Schau ab. Wenn man als Terrorist für *Mesa d'Oro* geschnappt wird, dann gehört es offenbar zu dieser Rolle, damit zu prahlen, was für niederträchtige Taten man begangen hat. Das hebt solche Menschen dann zu Helden empor, und dabei sind sie nur labile Figuren, die sich mit Sprengladungen und Schusswaffen bestätigen müssen, um ihr Image aufzupolieren.«

»Na ja, ein Kämpfer gilt mehr als ein arbeitsscheuer Strolch, wie?«, schaltete sich Alfred Hitchchock noch einmal ein.

»Edler ist das in diesen Kreisen«, sagte Justus. »Natürlich hätte ich Shelby von Anfang an verdächtigen müssen. Er hatte ja besten Zugang zu allen Informationen über die Organisation bei der Bank. Und er sagte zu Mr. Bonestell: ›Nach eurer Rechtsprechung ist ein Mensch unschuldig, bis ihm eine Schuld nachgewiesen wird!‹ Jemand, der sich als Amerikaner fühlt, hätte doch gesagt: ›Nach unserer Rechtsprechung ...‹«

»Stimmt«, sagte der große Regisseur. »Aber du solltest dir das nicht anlasten.«

»Ich muss schon sagen: Ihr habt eure Sache gut gemacht«, setzte Mr. Hitfield anerkennend hinzu.

Bob grinste: »Schön, dass Sie eben nicht sagten: ›Für ein paar Schuljungen habt ihr eure Sache gut gemacht.‹«

»Ihr habt es gut gemacht, Punktum«, sagte Mr. Hitfield. »Besser sogar, als viele Berufsdetektive es gemacht hätten. Ich kann mir gut vorstellen, dass Shelby darauf drängte, Mr. Bonestell solle sich euch anvertrauen. Er dachte eben, ihr würdet es nicht schaffen. Später hat er dann allerdings Bedenken bekommen und versucht euch in eurer Werkstatt anzuzapfen.«

»Die Zuckerdose auf dem Küchentisch nicht zu vergessen!«, sagte Justus. »Als ich die Wanze im Zucker entdeckt hatte, da wusste ich, dass er das Narbengesicht und somit der Verbindungsmann zu den Dieben war. Aber ich hätte nie vermutet, dass es da um Waffengeschäfte ging. Ich dachte eher an Drogen oder illegale Einwanderer.«

»Da wir gerade von Waffengeschäften reden – was gibt es Neues über die Möbelspedition in Oxnard?«, fragte Mr. Hitfield.

»Strong und seine Kumpane sind moderne Straßenräuber«, sagte Bob. »Die Schiffsladung Waffen und Munition haben sie sich im Osten des Landes besorgt – Überfall auf einen Lastwagentransport. Taucher haben einige Waffen geborgen und die konnten identifiziert werden. Strong und seine Leute sind verschwunden. Sie ließen alles stehen und liegen und sind schleunigst untergetaucht. Man hört, dass sie mit den zurückgelassenen Fahrzeugen und der Betriebseinrichtung keinen großen Verlust gemacht haben. Die Möbelspedition Pacific States stand kurz vor dem Konkurs.«

»Es muss ja auch schwierig sein, eine Möbelspedition erfolgreich zu betreiben, wenn man mit Diebesgut alle Hände voll zu tun hat«, sagte Alfred Hitchcock. »Na, und wie ist es mit der Maskenbildnerin, die an jenem Abend bei der Versammlung ebenfalls als Rednerin auftrat?«

»Gracie Montoya hatte mit der Sache nichts zu tun«, sagte Peter. »Ihre Familie lebt in Venezuela, es sind strenggläubige *Mesa d'Oro*-Sektierer und Anhänger von Rodriguez. Etwas Ungesetzliches war Gracie nicht vorzuwerfen.«

»Es ist Tradition in den Familien«, sagte Justus. »Die Eltern geben den Glauben und die Prägung – Rodriguez oder Corso – an die Kinder weiter. Aber ich vermute, Gracie macht sich nun ihre Gedanken zu dieser Tradition. Geld für einen Exilanten in Mexico zu sammeln, mochte sie in Ordnung finden. Aber Geld für Waffen aufzutreiben, mit denen Schaden angerichtet und Blut vergossen wird –, das ist etwas anderes.«

»Die Polizei verhörte sie zu dem Streit, den sie mit Ernie hatte«, warf Bob noch ein. »Er wollte sich mit ihr verabreden und sie hatte keine Lust dazu. Nur darum ging es.«

»Na, da hat sie ja Glück gehabt«, sagte Mr. Hitfield.

Er gab Bob den Aktenhefter zurück. »Du hast das gut dargestellt«, sagte er.

»Freut mich, dass es Ihnen gefällt«, sagte Bob. Hoffnungsvoll sah er zu Alfred Hitchcock hinüber, der ihm lächelnd zunickte.

»Und nun wird daraus ein neues Buch?«, erkundigte sich Mr. Hitfield.

»Ich denke doch«, meinte Alfred Hitchcock. »Der Fall ›Narbengesicht‹ ist eine spannende Angelegenheit und hat es verdient, für unsere Leser veröffentlicht zu werden.«

Mr. Hitfield lächelte. »Hoffentlich wird das Buch, an dem ich gerade arbeite, ebenso spannend.« Er wandte sich an die drei ???: »Wenn ich damit fertig bin, kommt ihr vielleicht auch noch auf mein ursprüngliches Angebot zurück – die Fahrt mit dem Rennboot. Freilich kann ich nicht so tollkühn mit einem Boot umgehen wie Eileen Denicola und Schmugglerboote werden wir schätzungsweise auch nicht versenken. Aber – man kann nie wissen.«

Alfred Hitchcock lachte dröhnend. »Das macht ja das Leben so interessant, nicht wahr? Man kann eben nie wissen …«